NI GOSSOS
NI GATS
NI CONTES
CONTATS

NI GOSSOS
NI GATS
NI CONTES
CONTATS

QUIN VALIENTE Y FAMILIA

Pinsà Edicions

Ni gossos ni gats. Quin Valiente Gutiérrez.
Pinsà Edicions. Barcelona. 2024. 1a edició.
www.pinsaedicions.cat | info@pinsaedicions.cat

Il·lustració de portada: Rosa Adriana Vargas.
rvargae@yahoo.com

Disseny de portada i maquetació:
Sofia Nieto Penalver | hola@sofiapenalver.es
www.sofiapenalver.es

Supervisió de l'edició:
Josep Lluís Benet i Vidal.

Reservats tots els drets d'aquesta edició per a:
© Quin Valiente. | cafpoli1331@gmail.com

Dipòsit Legal: B 4126-2024

Qualsevol forma de reproducció, distribució, comunicació pública o transformació d'aquesta obra només pot ser realitzada amb l'autorització expressa i per escrit del seu titular, amb excepció prevista per la llei. Adrecis a CEDRO (Centre Espanyol de Drets Reprogràfics) si necessita reproduir algun fragment d'aquesta obra (www.conlicencia.com; 93 272 04 47).

AGRAÏMENTS

A tots els que han confiat en mi.
A tots els que no han confiat en mi.
A la Judith, la Diana i la Juana, pel treball que han fet a dins meu sense elles saber-ho.
A la Lola en l'últim minut.
Als que estan i no pas als que han marxat.
Al meu fill perquè sempre està.
A la meva companya vital.

ÍNDEX

Pròleg · 13

Relats de teatre · 17
El pallasso del ventríloc · 21
Jocs florals · 22
Texts i pretexts · 23
Petó · 27
A l'altra banda del teló o
   Ni un aplaudiment més · 33
Deserts · 38
Viure la vida sense xarxa · 40
La veritable veritat d'un Jordi que
   no era sant, d'un tal senyor don Drac i
   d'una donzella que també ve al cas · 42

Altres relats de petit format · 53
Processó de rates · 55
La mosca en el cristall · 56
Cobdícia · 57
La bala que no sabia sortir · 58
Un llop disfressat de caputxeta vermella · 60
Linda o l'últim intent · 63

Tots els jo que soc · **65**
Cinc minuts abans · 69
Perdó · 72
Picture vs mirror · 74
Fet i amagar · 76
Senyals divines · 79
La meva innocència · 88
Cassis Ahmadi, el vell · 89
La dona de les sis · 93
La noia a qui tothom estimava · 96
Ana y Lucía · 107
Anna i Maria · 110
Tendir ponts. Complicitat · 112
El llegat de Robin *Hood · 113
Regal d'aniversari a Constantinoble · 114
1575. Any Sant · 116
Els dos joves perruquers · 118
Nu, títol provisional. Despullar-se'n.
   A soles tot sol... · 121
Cançó de cinc minuts · 127

Apèndix · **131**
Il·lustració · 133
Il·lustracions · 135

ACABEM SENT NANOS UN ALTRE COP (AL MEUS SEIXANTA I ESCAIG). LLEGIM CONTES. DEIXEM-NOS ENDUR PER LA IMAGINACIÓ, QUE DESPRÉS VINDRÀ LA PARCA I TOT AIXÒ. JUGUEM AMB LES LLEGENDES, LES PARAULES I ELS MITES... I FINALITZEM AMB EL QUE SOC I ESTIC... MÉS A PROP D'UN CLOWN QUE NO PAS D'UN POETA...

PRÒLEG

La incorporació de Quintín al grup "Formació de lectors i Taller d'Escriptura" ha estat una sacsejada significativa. Quintín ens ha sorprès amb les seves creacions —meravella de l'horror i la bellesa—, amb la poesia de la seva veu, amb el seu bon criteri i generositat a l'hora de valorar els textos dels companys. Ell ha aportat potencial en la línia de descobrir noves perspectives als temes de sempre. És destre en el pas de la imitació a l'emulació.

En la literatura de Quintín descobrim la recerca personal que es tradueix en una mirada i en un to diferents als que estem acostumats. L'originalitat dels seus textos no consisteix en la inclusió de nous temes, sinó en l'enfocament diferent amb què aborda els ja habituals. Hereu de l'ebrietat del segle XIX i de la ressaca del XX, Quintín descobreix dimensions sorprenents, insòlites. Aquest "detector de la desmesura" ens genera preguntes i ens obre possibilitats singulars de copsar la realitat. Tot i que la poesia és un misteri per al poeta —acostumen a dir els creadors—, els lectors de Quintín no podem deixar de percebre, en la seva literatura, una arma de denúncia que amaga un desig subjacent d'equilibri.

Si la força dels seus textos ens permet vorejar la literatura de l'altra sentimentalitat, la seva calidesa humana ens fa sentir el miracle d'estar just on la vida està esdevenint.

Així el veuen els seus companys escriptors:

Quintín Valiente és un home d'una personalitat profunda, magnètica i al mateix temps enigmàtica. Extraordinari comunicador, sap encisar els oients dels seus relats amb una veu fosca i una dicció perfecta. Ànima d'actor, brillant, entusiasta. Transmet una vivor que s'encomana. Capaç d'endinsar-se i copsar l'esperit dels seus alter ego. Gran poeta i rapsode. Espectador vigilant del món que l'envolta. Un amic dels amics, atent i present per oferir el seu ajut.her Granero

~

Quintín és sinònim d'energia, d'optimisme, de showman en el sentit literal del terme. Escriptor d'estil únic i maneres un xic surrealistes.Jordi Morales

~

Así como teje la araña una gasa etérea mecida por el viento, en sus escritos, con palabras, Quintín teje un tapiz de humanidad. Un tapiz trenzado de sentimientos cotidianos, en apariencia ligeros, pero capaces de conmovernos en tanto que nos adentran en la cara oscura de la vulnerabilidad y de las contradicciones vitales; de la fragilidad presente en todos los seres dotados de alma, pivotando entre los instintos incontrolados y las convicciones nobles.

~

Quintín nos imbuye en un mundo íntimo, a la vez mísero y delicado. Y lo hace mediante una prosa teñida de ironía, dotada de amabilidad triste, pero generosa. Pues ironía y generosidad son los atributos que lo definirían como lector y como persona siempre colaboradora y entusiasta. | *Sara Fernández Puerto*

~

Quintín, un personaje en toda regla.
Cuando lee nuestras poesías, les da otra dimensión.
Cuando escribe, se entrega a la historia |
Maricarmen Izquierdo

LOLA TRESSERRAS TORRE
Formació de Lectors i Taller d'Escriptura

RELATS DE TEATRE

SEMPRE QUE TINC LA NECESSITAT DE PUJAR ALS ESCENARIS, I EM RECORDO DE DIR-HO, EM PRESENTO AMB LA MEVA ABREVIATURA, O ALTER EGO LITERARI, QUIN VALIENTE, I NO PAS AMB EL NOM SENCER... I MÉS ENDAVANT SABREU LES CAUSES. I RUBRICO AQUESTA PETITA INTRODUCCIÓ DIENT QUE ABANS DE TOT SOC POETA, QUE ABANS DE TOT SOC ACTOR. JO CREC QUE LA NECESSITAT ÉS MÉS D'INTERPRETAR QUE NO PAS D'ESCRIURE O, SI MÉS NO, EM VA ARRIBAR ABANS. IMAGINEU A UN NEN DE VUIT, NOU, DEU ANYS, ARRACONAT A LA SEVA HABITACIÓ, AMAGAT DEL SOROLL QUE PRODUÏA UN PARE MOLT AFECTAT PER L'ALCOHOL I ELS CRITS D'UNA MARE JOVE, QUE NO SAP SER MARE NI JOVE... QUIN VALIENTE, ACTOR, ABANS QUE QUINTÍN VALIENTE, PERSONA, DESAPAREIXIA SOTA EL LLIT, O A DINS DEL BUIT D'UN GRAN ARMARI, I ALS SEUS DITS ELS FEIA PARLAR, AMB VEUS I TONS DIFERENTS ELS UNS DELS ALTRES... ESCRIURE SOBRE EL TEATRE, O SOBRE LA PARANOIA QUE SUPOSA

LA VIDA, ÉS UN TEMA QUE M'HA ACOMPANYAT TOTA LA ÍDEM. AQUÍ TENIU ALGUNS EXEMPLES DE DIFERENTS ÈPOQUES DE LA MEVA ÍDEM DE ÍDEM... QUE ELS GAUDIU.

EL PALLASSO DEL VENTRÍLOC
ELS LÍDERS QUE US MANIPULEN SÓN NOMÉS NINOTS MANIPULATS.

El pallasso del ventríloc no sap fer l'ullet ni articula les falanges amb els seus dits escantells. Seu sobre el tamboret que el manipulador li proporciona i gira el cap de fusta segons és interrogat alhora. La meitat del públic li escup i l'altra baten palmes sonores. Uns asseguren el retorn a l'espectacle i altres exigeixen que li tornin l'entrada. El món de les varietats té el que té.

Però tots dos s'equivoquen per fer-li autor de les seves paraules perquè el número està escrit per uns altres que son els que manen, i el seu enginy i agudesa no li pertany.

Qui millor s'ho passa és el manipulador de l'invent que ha fet creure al públic que el ninot té vida, però tots sabem que... El pallasso del ventríloc no sap fer l'ullet.

JOCS FLORALS

El nom de la meva germaneta va sonar per tota la sala d'actes de l'escola com la flamant guanyadora dels Jocs Florals que reconeixia a la millor poeta de tots els cursos. Després de recollir el lot de llibres i tirar unes llàgrimes dedicades al professor de mixteca va llegir el poema guanyador titulat... Alfonsina besa la mar? Serà canalla! Ha copiat els meus versos, fil per randa... Probablement aprofitant que jo era una nit qualsevol a la feina. S'ha de ser... Ladina! La que diu que els versos són de vells de Tour Operator... Em sento, em sento... Bé, em se i sento com un negre i em farà treballar per a ella tota la meva vida. Només em reconforta que s'ha recordat del seu germà que li va ensenyar a rimar i ... totes aquestes juguesques de la cinquena edat... I això no està pagat. Clac clac clac... Bravo, bravo, per la meva germaneta...

TEXTS I PRETEXTS

Els de tercer i quart són molt reticents a aplaudir però reconec que gairebé no se'ls nota la derrota per haver quedat segons en els Jocs Florals d'enguany. Els de l'últim curs no estan per la feina del meu guardó i posterior discurs d'agraïments. Gràcies Filo, gràcies Puri, gràcies Recasens de pretecnologia... I des d'aquí, el cim ... de l'escenari com estic, puc veure'ls més preocupats intentant lligar amb les noves alumnes, o alumnes nous... Bé, que els veig girant el cap de continu per fixar una presa a la qual després s'acostaran amb la fórmula: -Em dic tal, estic en l'últim curs, si puc ajudar-te no ho dubtis...I tota la resta de la oració que s'ha de rubricar amb alguna cosa semblant a...: dona'm el teu telèfon per si de cas. Jo tinc més edat que ells i dos cursos per darrere però soc menys barruer, si us plau. La d'anglès s'ha adormit i també comptava amb ella per a la secció de salutacions diverses. I seguint la panoràmica per fileres de butaques puc veure-li a ell. Resta dret i aplaudint... amb sorna, suposo. No hauria de fer-ne. Encara tinc el meu cap una de les seves últimes sentències: - Del teatre tan sols viuen els maricons i els drogoaddictes, perquè el bony provocat al cap per no saber esquivar el cendrer de llautó que em va llençar també pertanyia a frases i accions per a la historia però la seva marca va desaparèixer... I a més no entén ni una paparra de català com per aplaudir allò que no sap d'on ve, però ha vingut i això era d'esperar abans o d'hora.

Títol guanyador d'enguany... Semblen de la mateixa família de paraules, oi? M'empeny... No sé per què cridava tant l'Anna Vives, de Socials i Recerca. Agraeixo la lectura del meu poema en la seva veu i timbre perquè sembla d'una altra factura quan és una altra persona qui el recita... Un fort aplaudiment al... Quintín, em dic Quintín... Perdona, Quintín... Primer premi dels jocs florals 1996 del nostre estimat institut Puig Castellar... Sou els millors, me cago'l la... Més crits però i aquests a l'alçada de líder polític en la cloenda de campanya. A mesura que baixo amb el metacrilat i la bossa de llibres de segona mà trobo a faltar que tot el col·legi es posi dret al crit de que plori la Vives, que plori la Vives... Serà l'última temporada entre nosaltres i està molt sensible...

Baixo de l'escenari i em dirigeixo als camerinos sense voler mirar ningú, i menys a ell. Haig de desmaquillar-me perquè abans he fet de Tirèssies i la Lola de Iocasta. El fem servir, els camerinos, com a punt de trobada per a conspiradors i refugiats... Aquí ens reunim la banda per fotre unes caladetes sense que ho sàpiga ni el cap d'estudis ni qualsevol més gran de quaranta anys. La Ros, que és morena, La Pilar Ros, substituta de química, tindrà vint-i-set, si fa no fa i la meva cuqui si fa no fa. Jo crec que tothom a l'Insti està assabentat que la fumem i la fem petar als camerinos però simplement fan com si no ho sabessin. També està el Martín, el conserge, que no te edat. Tanmateix podria tenir seixanta com quaranta i cinc... Crida pels passadissos que als lavabos algú fuma i és coneixedor de que som nosaltres els qui li robem el paper i els filtres... Nosaltres també neguem davant de la seva mare, i del diable que baixés a fer un tomb, que el Martín fuma, impossible senyora Sagrario, això són llegendes urbanes, ni cas als mentiders... Al cap i a la fi, com no, tot plegat és una trama orquestrada a nivell supracomarcal...

— Saps Qui està entre el públic? —amb nerviosisme zero em preguntà la Miralles, la meva amiga, més que amiga des de fa tres mesos, la de Història de l'art, que se'n sap tota la meva vida i part del meu cos.

— L'Elisenda adormida, el Beltrán llegint a Kant, probablement ... Estan però no estan. He fet una escombrada en pla general de tota la platea i...

— Em refereixo a ell —va accentuar la meva cuqui per si no m'havia quedat clar o volia oblidar-ho— Ha vingut a veure't.

— Ja ho sé i ho esperàvem.

— L'innombrable i tu teniu una conversa pendent —em deia en el seu paper d'advocada, encara que no ho era sinó el refugi d'un alumne de vint i escaig— Què faràs?

— Tornar a casa desprès de buidar el pap i dir-li que m'oblidi. A casa teva. Si continua vigent la teva proposta de sopar junts.

La vida són llibres que no s'han tancat i pàgines que no s'han entès. Bé, la vida és un viatge, que diu en Martín.

— Sempre que ho necessitis.

PETÓ

El meu pare i jo teníem una conversa pendent i aquest cop parlaríem tots dos i no pas ell sol. Acostumava a fer-lo amb les paraules i les accions, com gairebé tots els pares, com gairebé a tots. Balbucejant en un idioma no recollit en cap diccionari de català-alcohol alcohol-català, després sí passava al vocabulari de la mà oberta i les seves paraules no anaven dirigides a l'intel·lecte sinó a la cara i els seus dits febles s'ajuntaven i feien un puny... I qualsevol cosa que s'uneix adquireix més força... Al seu puny, no pas a les seves paraules. I jo acabava per no entendre res, o entendre-ho tot. I m'amagava en el buit de la nevera o sota el llit quan ni tan sols tenia cinc anys... O sortia per la porta i pujava corrents escales amunt, de quatre en quatre, fins arribar a ca la Maria, la del cinquè, sorda i bona gent, còmplice, i aquell que havia vingut a la festa del pas de l'equador de l'Institut i que estava esperant-me a platea deixava de tenir-me en el seu punt de mira, però continuava bramant a baix, al pati de llums, tot creient que havia guanyat el carrer amb el meu descens, i no crec que la meva mare preguntés per mi a la tornada de la seva feina, desprès de endreçar i netejar un munt de cases que no eren seves, fregant de genolls, o potser sí que ho feia i mai ho vaig saber. No ho sé. Sempre n'hi havia un moment en què la porta de casa meva restava oberta i baixava del cinquè i em filtrava amb la sinuositat de una serp, pel passadís de casa i em ficava al llit, fins al dia següent en què tot s'havia oblidat... Una altra mentida a mitges. Res no s'havia oblidat però ningú esmentava cap pallissa, vexació, humiliació...

Sí, aquell home i jo teníem una conversa i la reprendríem des d'aquell punt en què li vaig sentir entrar per la porta fotem bandades a tort i dret sense tenir-se en peus, cridant el meu nom i els de tots els déus. O potser des d'un segon més tard, des de la tremolor de mans i cor en veure'l aparèixer per la meva habitació i enxampar-me tot nu amb els llençols que feien com a toga romana, tot assajant el meu paper de César, els deu anys. Un minut amunt o un minut avall... No va d'un pam. No va d'un clatellot.

Aquella nit no vaig amagar-me sinó que vaig començar a córrer fins guanyar l'entrada de casa meva. I no vaig tirar amunt sinó en direcció a la porta de l'edifici. I vaig continuar corrent sense mirar enrere ni notar el dolor dels peus nus que, a l'acabament, estaven sagnant i amb butllofes. I vaig continuar gambant i ensopegant amb bancs del parc i pedres de les glorietes, gemegant la meva por i amb més suor que llàgrimes. Sense atendre la presència d'altres vianants que probablement intentaren barrar-me el pas. Vaig continuar corrent i despullat i amb el pànic de mirar cap enrere per si de cas aquell fos l'únic dia en què al predador li hagués donat per perseguir-me. Ja he dit que sense deixant de plorar vaig córrer? Ja he dit que amb tota la por de la infantessa i la futura joventut? Molta, molta tremolor, molt de mal, molt de fred al principi, molta llàgrima... Vaig continuar corrent amb el martelleig de les seves paraules el meu cap, maricón, i el record del seu puny a les galtes. Allunyant-me de la llum dels fanals que creia que eren llanternes de la meva batuda. No vaig parar de córrer tot sabent que el moll es trobava a prop o potser ja no hi era al poble. Seria això. Vaig continuar corrent admetent que cada vegada ho feia amb menys força però la meva integritat estava en lloc i va ser per l'orgull de l'indefens, del supervivent que havia de continuar corrent. Vaig continuar corrent i trepitjant asfalt i herba, i terra i bassals, i fang i pedres petites. I queia i m'aixecava imaginant-me que ell seria a prop. I quan vaig notar més foscor que no pas llum vaig continuar corrent en ziga-zaga, que això esgota més, i minvant el pas però amb les cames rígides i seriós, molt. Esquena recta, mirada el front, dret el coll. I vaig passar del galop al trot, del trot al pas... I del pas a terra, sense esma, mort. Mort i nu. Sagnant de peus. Nu i amb posició fetal, i a la fi vaig creure sentir un soroll que es tornaria paulatinament una veu amable i uns dits que em proporcionaven calor. Estava atrapat. Sense esma per a defensar-me.

Però ho havia intentat. Qualsevol intent del perdedor és un triomf.

Allí estava el seu rostre, en plànol contrapicat el veia des de terra; allí la seva barba sempre de quatre dies, les genives negres i la seva puta pudor, per ser tatuada al front, mai no oblidada... La seva fastigosa pudor a tabac. Allí estava ell... En Martín. Probablement amb més por que no pas jo i preocupat per aquell tros de carn que no devia de deixar de respirar com si es begués d'un glop l'aire. Recordo que no gosava mirar-li els ulls, bé, de tant en tant per si aquell altre, adult com es veia, també hagués après a fuetejar a nanos de la meva edat... però tampoc li apartava jo amb cops de peus perquè alguna cosa dins meu m'estava insinuant que em trobava sà i estalvi. Intuïció de presa, simplement. Havia de donar la cara tard o d'hora i vaig fingir un personatge: el mut.

— Qui ets? T'has perdut? Què fas aquí?
— Un vulnerable cadell mut.
— No tens casa?

I em va portar a la seva, un cau a dins d'un Institut; una porteria, de fet, més que una casa...D'això farà onze anys, molt per sota. I va posar un brou calent a taula i de cop em vaig adonar de que no tenia res a l'estómac des de feia hores, no sé quantes... Moltes. I la seva dona, la Patrícia, que em pau sigui, al llindar dels quaranta tots dos, pot ser, i a la que la Natura no li va fer cap fill, va donar cap fill, volia dir. Va començar a vestir-me pel cap amb un jersei fet per ella, per a no se sap quina criatura que mai no va arribar. Sempre n'hi havia de nebots o fills d'altres, deia... Però a mi m'esqueia com un guant, com si m'hagueren esperant tota la vida. Com si ens haguéssim esperant tota la vida. Aquella nit vaig poder dormir tots els anys que no vaig dormir abans, tot sabent que era el dia del meu naixement.

   Amb el temps ens vàrem dir la veritat, la meva i la seva. I vam concloure que filaríem una mentida conjunta. Que jo no era mut ho vam descobrir desprès del tercer glopet de brou. Ells no estaven per la labor de lliurar-me a la policia i jo no volia tornar a rebre cops de punys i humiliacions d'on venia ni em sentia segrestat, ans al contrari, sortia de casa seva amb clau i tornava escrupolosament... per la hora de dinar.. Els catorze vaig trucar a casa meva demanant-li a aquell home els papers de la meva identitat, a efectes d'escolarització tardana i coses semblants i amenaçant-li de que, si no els enviés a un codi postal, ics, li denunciaria amb els veïns com a testimonis, i això eren molts anys a la garjola. Vull pensar que no va parar de buscar-me per col·legis i parcs i, la meva mare, de preguntar per mi... O no. Honestament, no visquem gaire lluny l'un de l'altre. Avui haurà entrat el pati de l'Insti on he rebut la insígnia i el lot de llibres com a millor poeta i m'haurà escoltat cridar i celebrar aquests dies de festes. Però sí, hem de parlar.

   No fugiré corrents perquè se quina és la meva responsabilitat però tampoc no vull quedar-me amb ell a soles. Voldria tornar al saló d'actes, pujar a l'escenari quan ningú no hi sigui i preguntar-li... què... I ja no se m'acudeix la possible continuació d'aquest guió; si em tornarà la pregunta o em demanarà que torni. Ha mort l mare o ha acabat separant-se de tu? Però tinc decidit fer-lo des de sobre de l'escenari, per sentir-me amunt i tenir-lo a baix i també per recordar els tres minuts gloriosos de fa un moment. No sé com serà la cosa però ha de ser aviat.

Per cert, voleu llegir el poema guanyador? És una canya, cony!

Tinc por. Altra por.
Però haig de pujar a l'escenari...
Sense públic ni guió.
I ja està.

A L'ALTRA BANDA DEL TELÓ O NI UN APLAUDIMENT MÉS

Ramiro sabia que havia de sortir a respondre als aplaudiments i vises del seu tan estimat públic, però també era coneixedor, perquè pertanyia a l'ABC de tot artista, que no podia sortir a la primera oportunitat, davant la primera floreta o pètal de rosa que sobrevolés la platea o calces de solteres necessitades d'afecte que planegessin cap a l'escenari o cants de sirenes demanant amor i carantonyes... No. Ramiro era molt formalista i aquell públic embravit que podia escoltar l'altre costat de la cortina havia de saber esperar. Ell també esperava. Ramiro, amor meu, volem un fill teu! Ramiro, baixa i fes-nos una p...!!! Fins a homes li requerien. La pols blanca li ajudava a esperar.

—Però no és a mi al que vostès han vingut vostès a veure —es podia escoltar amb total nitidesa.

No ho dubtis morsa amb potes, hauria d'estar pensant l'artista.

—Sinó al gran i fastuós Ramir I d'Aragó i V d'E.G.B

Vaja amb la tona de greix, si resultarà que li queda una engruna d' humor. Ramiro continuava escoltant floretes i veus de sirenes en qualsevol dels seus estats, civil, penal o per estrenar, a través de la cortina.

— Només l'amistat que ens uneix ha aconseguit portar-li... segrestar-li, de les seves obligacions adquirides en totes les grans capitals del món perquè aquesta nit puguem comptar amb la seva presència i creieu-me si us dic que no ha estat fàcil convèncer als del *Folies *Bergère, per exemple...

I etcètera, etcètera, etcètera. En aquestes circumstàncies d'afalagaments i altres mentides Ramiro augmentava de volum i ja era un sobrepès de cinquanta quilos el que exhibia sense tants llagots ni moixaines. Augmentava d'orgull, de vanitat, de presumpció d'innocència i d'altura fins i tot, com més que ell sempre deia que ratllava el metre setanta quan en realitat mostrava deu centímetres menys. Tots els presentadors adulaven i sabien fer la rosca a parts iguals, fins posar al llindar d'un atac de nervis als artistes, i contra els nervis i altres angoixes... més pols blanca...

— Sense major dilació.

— Vinga tio, talla d'una pu... vegada i diu el meu nom!

— És un honor per a mi...

Ramiro començava a perdre el ritme respiratori i el cardíac, alhora. Les venes se li inflaven per moments... Literalment.

— Comptar amb el més genuí artista de la nostra comarca...

Li sobrevenien aquells horrorosos tics i tremolors en braços i cames.

— Què dic comarca... Del tot el país. Perquè una cosa és veure-ho des de Las Vegas... Balbotejava i salivava de continu, la qual cosa no podia esmorteir ni la pols blanca.

I una altra cosa és sofrir-ho... Perdó: tenir-ho aquí.

Estentori somriure del presentador. Tot fingit, és clar.

— I si es deixa... poder-ho tocar.

I va ser en aquell moment quan un crit esquinçador d'animal ferit va esquinçar el cel de la comarca... Què dic de la comarca, d'un país sencer, i no era el públic... era Ramiro, que va sortir del prosceni o Cambra negra, com empès per uns braços de gegant inexistent, banyat en la seva pròpia suor i ànsia, fins a aparèixer enmig de l'escenari, a trompades, davant del teló del qual ja estava obert, i rebent el cop d'una escombra, que va ser l'única cosa que va volar (ni roses ni calces ni propostes de matrimoni), cop d'escombra des dels braços armats de l'empresari (ni presentador ni conductor de xous ni animador d'esdeveniments) fins a la cara de l'artista. Mai va haver-hi més sirenes que les de la policia al carrer, ni més veus que els crits de la foca Tomás, o xicano Tomás, o *espalda mojada* Tomás, natural de Mèxic DF, per a servir a Déu i vostès com abans d'arribar a Europa va servir al càrtel... Tanmateix com que era l'únic membre del públic, perquè el públic ja s'havia recollit a la una de la matinada... com la gent honrada d'aquest país.

Gradualment Ramiro va anar governant la seva respiració i fent-se una composició de lloc. Va recollir l'escombra i escombrà, a cops de peu, les restes que havia deixat el concert que va haver-hi mitja hora abans. Tot havia estat fruit dels seus deliris de grandesa i la seva addicció a l'amic en pols, inseparable des de la seva època d'estudiant.

— No et demoris, puto *pendejo* i acaba de *lustrar* l'escenari i passar el raspall per sota de les taules, pinxe cabró.

Ramiro I el gran, ara nan per a tot. Per a servir copes, aparcar cotxes i netejar latrines, si calia. Aquell que va estar a punt de conquistar un plató de televisió amb una audiència d'índole comarcal... Què dic comarcal, interplanetària fins que els membres del jurat li van retornar a la crua realitat i després d'escoltar-li en l'audició van creure que no era ni ètic fer que un addicte a la cocaïna, amb tremolors i balbotejos, que tant havia fet riure... en les festes del poble, pogués passar a la següent fase del concurs... I aquí va acabar el Ramiro somiador i va començar el rodamon al·lucinat que demanava més cervesa que aplaudiments quan aconseguia connectar quatre acudits mal comptats amb el seu mític i celebrat personatge... de malalt. Malats, ximples i perdedors... Tots tres personatges trauen moltes rialles sobre l'escenari, en aquest país. Com ara l'amic bast i sense polir, el cunyat que no s'assabenta de res, la sogra dolenta dolentíssima i l'esposa malfiada. I a l'ex se la pot insultar i humiliar, fins i tot... És per atipar-se a riure.

Amb tots vostès, vosaltres, respectable i mamat... Perdó: estimat... Estimat públic... Ramir I d'Espanya i V d'EGB, es vaig poder escoltar en el seu malalt cap...

S'apaguen les llums. Es corre el teló. Tornin a les seves cases i deixin-nos descansar en pau. *The show *must *go *on...

DESERTS

D'una manera inconcebible per conclòs va donar l'actor el seu número desapareixent així de l'escena sense haver escoltat ni aplaudiments ni tot el contrari. Ni insults ni floretes ni esbroncades ni silencis. Ni breus ni braus. Ni neus ni allaus. Ni gemecs ni tossits com en molts dels casos, i així el respectable va abandonar l'espai deixant sobre la butaca un esglai i el programa de mà gairebé sense fullejar. Deserts.
Inversemblant ja que el personatge li va donar fama més enllà d'aquests paratges: el de l'excèntric immadur que no ha superat el dur esglaó dels ismes: per ser fill únic, el fillisme; per ser amics de tots, l'amiguisme; per ser un egoista, el jo jo i sempre jo.
El guió estava afartament assajat per estar basat en les seves excuses i pretextos. Text únic amb el que es podia culpabilitzar a la companyia: jo hagués fet, jo podria haver fet, jo hauria d'haver fet si no fos per... Sempre pels altres. Sempre innocent. El repartiment... Estava claríssim qui era el seu personatge... On es trobava millor...: en el monòleg sense haver de

repartir res amb ningú. Jo abans, jo durant, jo al mig, jo al final. Jo mai i jo sempre. En tardes com aquesta és el públic el que no encerta a captar el missatge, es deia quan no rebia cap aplaudiment. El públic, l'únic culpable, estava integrat en aquesta ocasió per coneguts i cercles pròxims que són els incondicionals, però no en aquesta sessió. A les seves ex parelles va convocar i amb els seus respectius fills uniformats al llarg d'un decenni de no afecte ni comprensió, d'exili de l'amor tot plegat... Haurien de desbravar-se en elogis i bravos, però no. Per teatre, edifici, vull dir, casa seva, per escenari la seva habitació, per púlpit el seu llit, per atrezzo... el d'Ikea, que no rima però és minimalistament cuquet per a l'ocasió; més barat, si més no, encara que t'ho hagis de muntar tu mateix.

Van marxar les dones i els seus fills. Deutors, amants, còmplices i amics... En silenci tots, deixant sobre la butaca o coixí un esglai i el programa de mà gairebé sense fullejar.

Foscor.

VIURE LA VIDA SENSE XARXA

Pren-me de la cintura. Fes-me un bes a la boca. Desplega el teu para-sol i mira l'horitzó que t'espera i no a terra, ni badis. Inicia el pas amb l'esquerra. El filferro en diagonal sota la planta. Respira fons. Acluca els ulls i prepara't... Per sentir-te ploma. La vida amb un clown que estima s'estima sense xarxa, pintora. Ningú no va dir que fora fàcil però tampoc tan divertida.

Et prometo tota la vergonya que tinc, i no he gastat ni una engruna encara, que com en braços d'un pallasso mai no et sentiràs tan segura. Amb petons de carmins que dibuixaran grues a la galta, i somriures de lluna moruna i solets sobre les parpelles o estrelletes a tota la cara. Ah, i un nas vermell com a bandera blanca. Ningú no ha dit que fora fàcil però tampoc tan coloraina.

I farem riure a la canalla amb bufetades de mantega i flors d'aigua. Corredisses i entrebancs per les cadires de platea, amb plors de felicitat per a pobres sense gastar ni una moneda de més i avergonyirem a les parelles que estrenen moixaines lluny dels ulls de llurs parenteles i altres familiars. Ningú no ha dit que fora fàcil però tampoc tan esbojarrat.

Passejarem sota la lluna de la cintura, recordes? Com aquell primer pas que vas fer sobre la corda. I estarem cansats de cos però mai no de cors malgrat que cada nit haurem entregat pessics del nostre amor a l'abric dels zenitals sense preguntar el seu destí com el donant de sang. Ningú no ha dit que fora fàcil però tampoc tan vital.

I farem nostres tots el indrets en totes les llegues sota tots els cels i llurs colors de pell. I coneixerem noves maneres d'estimar encara que tan sols n'hi d'una sola, com tots sabem. I tastarem el poc o molt menjar i la bona cervesa i vi que la bona gent agradi de compartir mentre escoltaran històries de la nostra terra al calor del foc. Ningú no ha dit que fora fàcil però tampoc tan enriquidor.

I jo et despintaré quan et tremolin les mans i seré el teu mirall quan ja no vulguis veure't i tu sabràs dibuixar cada matí un somriure els meus llavis abans de cada estrena o em recordaràs les entrades que ja no em vinguin al cap per mandra o per oblit. I mai no caurem al buit, sempre tots dos de la cintura, sempre. I si tard o d'hora ha de ser així recorda el primer petó i acluca els ulls amb mi. Vens, pintora? Ningú no ha dit que fora fàcil però tampoc tan divertit.

LA VERITABLE VERITAT D'UN JORDI QUE NO ERA SANT, D'UN TAL SENYOR DON DRAC I D'UNA DONZELLA QUE TAMBÉ VE AL CAS.
(I ALTRES PROTAGONISTES, JA QUE AL TÍTOL NO M'HI CABIEN PAS).

ESCENA PRIMERA

Jordi, abans que sant, era un jove en edat de merèixer que no es menjava ni el forat d'un donuts amb les noies ni a la vida, tot i que era conegut el seu entorn i a les pàgines de contactes amb el nick de Jordiespasagran, però ves tu a saber... I vet aquí que un dia, fullejant per les ofertes de treball, cau a les seves mans un anunci que li crida l'atenció: " Es necessita fumigadors de dracs, amb experiència qualificada, per feines de neteja. Es valorarà currículum i haver pres els sants olis. La recompensa serà la filla de l'amo". Tot i que li calia autoestima a dojo, i una amiga per a tot, i sentir-se aglutinador i lliurador d'amor i totes aquestes mandonguilles en salsa... Tampoc no anava sobrat de calerons, els sestercis de la època, i la publi no deia res de diners per a el guanyador. Aquesta oportunitat està eta per a mi, va pensar en Jordi, que em reportarà diners si estic tan a prop del mecenes, una noia que en planxi els calçotets i fama per avorrir., perquè per altra banda... Qui no sap matar un drac, osti! Ha de ser com matar un mosquit o semblant... I sense més ni més se'n va anar a l'adreça del anunciant, tot comprovant, amb sorpresa seva, que no hi havia ningú en aquella sala d'espera bruta, desordenada de cadires, sense paper a les parets verdes i grafittis a boli, escatològics de mal gusto i pitjor disseny. D'una porta gran, com de castell medieval però sense balda ni espiell com a un rosetó de gran, ni res, va sortir un rei (un home amb corona al cap ja és un rei, oi?) amb bata blanca i fonendoscopi (?) que, després d'encaixar-li les mans, li va fer entrar a la consulta.

— Es greu, doctor? —va preguntar el noi.

— Més del que pensem —va asseverar el rei—. Es tracta d'un drac malparit que està atemorint tothom amb el seu alè de foc. Aprofitant la complicitat de la foscor s'acosta al poble per cremar les persones, calar foc les collites i cruspir-se els bens i dolents que troba el seu pas.

— Socarrimat m'he quedat! va exclamar un Jordi glaçat. (Paradoxa ben trobada, que no?)

—Oi que sí?- Va respondre el rei-. Però el que em treu la son no és tot això plegat, que jo soc de dretes i la gent m'importa un rave... sinó que la penya comença a estar farta de patates al caliu, xai a la graella i cebes fetes calçots...

— Com escàrpies m'ha deixat els pèls.

— Oi que sí? —va acabar d'arrodonir aquell— La tasca no és difícil si es localitza el drac amb les eines adients. Un cop l'hagi trobat m'ha de portar el seu cap i en un jocs florals celebrarem la victòria. Li lliuraré alguns diners, no gaires tampoc, no es passi de llest...El diploma de mata dracs, amb una lletra barroca que lo flipas, Felipa, i la mà de la meva filla petita, una altra fera per domesticar... I això és tot el que inclou el pack d'aquesta empresa... Ah! I el títol honorífic de sant, que obre més portes que el carnet de la biblioteca.

ESCENA SEGONA

I va ser quan little Jorge[1], un metre cinquanta, xaparret, sense gràcia ni calerons, que moltes vegades son els que atorguen la gràcia, després serà Jordi, una miqueta més digne, i més tard sant Jordi, l'hòstia de la dignitat ja, al cel i a la Terra, va tornar a casa amb les presses de qui se li encenia el cul, i pujant les escales de tres en tres va entrar a les golfes, i va obrir el bagul del seu pare, abans de l'avi i molt abans del seu besavi, caçador de nous talents (o sia: tractant d'esclaus amb els que comerciava en el Nou Mon), per espolsar la pols al seu kit de mata feres i altres fantasmes i íncubes, anys i panys adormit al fons de l'oblit. Els ulls se li varen omplir de llàgrimes com a pedres en veure el casc sense brillantor, l'elm sense una ploma al plomell, el pet amb la inscripció

---

1. Fa referència a Boy Jeorge

de Tierrasanta Tours; un guant sense parell, espasa de tot a cent i quixot de marmota... Per pixar i no besar gota. (rodolí guapu, també). Cuirassa desfeta com un puzle de cent peces (el meu és poesia viva, tu), tot i que va pensar que no la faria servir pas, al no ser d'amiant... Ah! I amb tot allò va traure la pols a un pergamí, manuscrit del seu avantpassat que en vers deia així:

"Sigui qui sigui que m'ha trobat, tant de bo de la meva sang, que s'hagi vist en la necessitat de desdoblegar aquest avís perquè algú altre ha de matar, bestiola o enemic... vull encoratjar abans de l'empresa que ha d'assolir, pregar sense presa al cel pel seu cor i dir...: que et bombin caracul, siguis cristià o turc!".

Tan sols l'espasa, el punyal i la pica va carregar el seu dos cavalls[2] raonant, amb bon criteri, que fora millor donar descans el seu famèlic ase de segona mà, ara que la benzina estava més barata que el pinso i, resant una breu oració a dins del cotxe i descarregant-se l'aplicació de google maps, va emprendre el camí cap a la seva aventura que li reportaria fama, diners, un cos calent de dona i vida regalada per sempre més...O besaria els llavis de la mort en lluita mortal contra un drac per tafaner i busca-raons... Que també podria ser.

2. Citroën dos cavalls.

ESCENA TERCERA

A lloms del seu dos cavalls i sense companya de cap gos que li alertés dels perills va travessar en Jordi Espasagran camins i dreceres, camps i circuits, pistes i voreres... Patint el sol i el plugim, la nevada en cotes baixes anunciades pel Picó, el mestral i el migjorn... El dia i la nit va travessar fins arribar a la falda del turó on s'endevinaven núvols grisencs tirant a negres i marrons, amb pudor de sofre i carn cremada com d'expedició de muntanyencs que no haguessin coronat el cim. Final del trajecte, va pensar. Va detenir el carro en Jordi, per falta de benzina i inaccessible pujada, i va prendre tan sols espasa i punyal i cames i totes les ganes d'enllestir l'empresa, i cap amunt que fem tard, a entrevistar-se amb el drac, treure-li el cap i sorgir victoriós. En arribar a dalt irrespirable era l'aire, encegadora la boira, d'infern la calda (per ser-hi a l'abril) i tot plegat amargant com la xicoira, però ni rastre de l'animal... Óndia, tu! Perquè el tenia a tocar del nas, tant a prop hi era d'això que no el va poder visualitzar. Amb llengua com a catifa persa, queixals com destrals i boca com la de Mundet, Línia verda, sortida mar... I el més esgarrifós: tenia el C de català, el punyeter. Un crac el drac[3]!

Agafant-li pel coll la bestiola a l'humà van fer tots dos un número dels Pimpinella[4].

3. Menció a El cap del drac, de Valle-Inclán.
4. Grup de germans, del pop mexicà, que es barallaven com veritables amants

Drac: Qui ets?
Jordi: Soc jo..
Drac: D'on vens?
Jordi: D'allà.
Drac: Què busques?
Jordi: A tu. I estic disposat a tallar-te el cap.
Drac: Què dius ara, cagarro, llobarro, xaparro, no em toquis els nassos.
Jordi: No em prens en serio, ben ho sé.
Drac: Ves-te'n, esfuma't, oblida'm, no siguis pallasso...
Jordi: Sense tu no m'aniré...

ESCENA QUARTA

— Un moment, un moment, mitja merda... —li va dir el drac abans de cruspir-se'l—. Quina és la teva motivació?

— Ara vas de *Personal Coach,* o res semblant?

— Què vols aconseguir?

— Viure bé, per suposat.

— Què estàs disposat a fer?

— Haig de matar-te i portar-te al rei per obtenir fama, calerons i esposa, que ja estic fart de fer-m'ho sol-, li va escopir a la cara en Jordi, sense adonar-se'n que estava més mort que viu.

— Un moment, un moment...! I tot això no ho podríem discutir sense violència...? De debò que em necessites?... Mort?

— On vols anar a parar? —li va preguntar al drac sense entendre pas l'art de la dialèctica, de Plató[5].

— Jo també voldria sortir d'aquí on el menjar escasseja i l'olor a sofre m'està produint una bronquitis de cavall. Tu m'ajudes i jo t'ajudo.

CONTINUEM EN CURT METRATGE.
ANEM AL CINEMA[6]

JORNADA SEGÜENT:EXTERIOR DIÜRN.
PLÀNOL SEQÜÈNCIA: TOTS DOS ASSEGUTS A TERRA.
PETITS VOLCANS D'ACTIVITAT INTERMITENT. L'ESQUENA D'EN JORDI SOBRE COLL DE DRAC, QUE ES TREU RESTES DE MENJAR AMB EL PUNYAL, COM SI FOS UN ESCURADENTS. HOME TIRANT PETITES PEDRES A UN LLAC.

Jordi: No crec que siguis capaç de visualitzar la tragèdia. Al regne no t'estimen gaire. Tu ets el causant dels seus maldecaps. Les teves bafarades de foc acaben amb la vida d'éssers i animals, i destrosses els conreus, i els deixes sense res que endur-se'n a la boca. Així que deixa ja de dir que no vols fer mal ningú.

Drac: Ho faig sense voler. No tinc un tarannà dolent.

Jordi: No pots entrar al poble viu, ja t'ho dic... I a mi no em deixarien sortir del poble amb vida tampoc.

Drac: I si me'n faig el mort?

---

5. Llibre de filosofia sense dibuixos, de Plató, i menys entretingut que El mon de Sophie, de Jostein Gaarder.
6. Repto a separar les oracions fins crear un text versificat o una cançó fins i tot.

TORNEM AL CONTE
>JORDI (UNA MIQUETA FINS EL NASSOS, TAMBÉ):
>MÈTODE STANISLAVSKI, POTSER?

— Qui se'n creuria que he pogut carregar-te tot sol?
— I si entres tirant de mi, amb una cadena, amansit com a un dòcil gos de pigall?
— I tu deixaràs de bufar i cremar els horts i les cases?
— Ni vull ni en se de matar, va enraonar en Jordi per primer cop en tota aquesta història, i afegí que la mentida havia de ser molt ben trobada per sortir tots dos il·lesos.
— Direm la veritat, el que sento des de la soledat d'aquesta merda de vida de sofre... Que amb la meva força podria ajudar a pujar el poble i fer basses i espantar els enemics i...
— I posaràs un argentí amb carn a la brasa, no et fot...!
— I tothom m'estimarà.
— Em faràs plorar d'un moment a un altre, coi de bitxo...

El cas és que no hi havia un pla b i feina tenia el superheroi de poble per ordir una mentida tan ben parida que el rei pogués creure que portava no sé quantes tones de carn i foc ensinistrada, amansida, humiliada i tot allò... d'una peça sencera, amb el seu cap i potes... I sense cap ferida, cap dels dos. Cavalquem, cap el regne doncs. Ja se m'ocorrerà alguna cosa pel camí, per ser l'autor.

EN ELS CAPÍTOLS ANTERIORS...
DONCS AIXÒ; QUE EN JORDI HA DE MATAR EL DRAC, QUE LI BUSCA, QUE ES TROBEN I QUE S'AVENEN, TU! I QUI VOLIA SANG S'HAURÀ DE VEURE ELS CAPÍTOLS DE LA HEIDI DE QUAN LI VE LA REGLA...

ESCENA CINQUENA

Dit i fet. Tots dos, bèstia i senyor, van solcar els cels travessant pobles i ciutats, falgars i vernedes[7], deixant endarrere la regió del drac per sempre més i, en allò que concerneix al Jordi, que ja estava més a prop d'ésser sant, va endevinar que hi eren sobre el regne i ordenà el drac que volés fent cercles al voltant del campanar i el rellotge de l'Ajuntament i els edificis més alts, sense deixar anar ni una engruna del seu baf, com a senyal de bona fe. Però no va ser així com la gent ho va interpretar, que en veure aquell tros de drac, sense Jordi petit ni res a sobre, començaren a fugir espaordits els febles, i els valents a llençar pedres i piques d'esmolades puntes amb la intenció de matar-lo, i amb tanta mala sort, o bona punteria, segons es miri, que varen aconseguir encertar-li amb un cop al cap. I vet aquí que nau i pilot van perdre l'equilibri i es van precipitar en caiguda lliure, fotent-se una hòstia que encara tremolen a l'Alt Empordà. Al crit de: és mort, es mort van sortir els camperols per envoltar el drac i festejar i donar glòries el Senyor pel final de tant patiment. Quan, de

---

7. Picada d'ullet al meu estimat poble.

sobte, es va despertar en Jordi, fent tombs com un borratxo d'anís El Mono i va tallar el rotllo a la gent, i de retruc, el rei, que s'acostava amb un serrat per ser ell mateix l'encarregat de tallar-li el cap al drac.

— Pareu, pareu, companys, que el que sembla no és!- va dir. Soc en Jordi i tenia la missió de portar-vos l'animal fins a vos i vet aquí que l'he complert.

— Però havia de ser mort! —varen cridar tots a una. Vilatans violents i amb fal·lera de sang.

— En això teniu raó. Si no fos que quan era viu i ensinistrat va fer jurament que mai més no us faria mal.

— Matem-lo, matem-lo!

Estaven disposats.

Coi de gent que no es conforma amb la veritat!

I va ser quan començà a despertar l'animalot. Tots hi eren a l'aguait. Tots amb forques i pals de golf. Tots amb recança i por... Menys la canalla que estaven saltant sobre la seva panxa com un inflable, i jugant despreocupats, i rient agradables... I en lloc de treure un baf de fum aquell drac-atracció treia llàgrimes com a roses perquè se sentia estimat. I en veure tothom allí que no es girava aquell drac van donar per suposat que no hi havien d'estar atemorits sinó que era temps de riure i festejar, ballar, cantar i beure fins a la fi. En Jordi tenia raó[8].

I al final tot s'enceta i tot s'acaba. El rei la seva promesa va complir donant-li al Jordi la dignitat de

---

8. D'aquest text, i sense canviar ni una coma, ben be podríem fer una cançó infantil pels matins de festa major, amb jocs del món, estirades de corda de blancs i blaus i xocolatada final...

sant, unes terres per conrear i uns diners per gastar...i la mà de la seua filla i...

— Un moment, un moment, senyor narrador —em va dir la Lali a mi i a tots els espectadors— Què és això de donar-me com si fos un mocador. Que no sento el reialme, que no vull casar-me ni res de res... Ho heu sentit?

I el poble va cridar visques i va deixar d'estar violent i de mal humor... Perquè ho posa al guió, sinó no s'entén pas.

I des de llavors el drac va ser estimat, el rei va regnar tranquil, els camps van florir, sant Jordi es va canviar el nick, i la filla va continuar estudiant... I hom va viure en pau... Que no rima però és la pura veritat.

I això m'ho van dir mi i així us dic a vos.

Punt i final.

ALTRES RELATS DE PETIT FORMAT

PROCESSÓ DE RATES
(CONTE VERSIFICAT)

I vet aquí un seguici de rosegadors, molt seriosos, molt solemnes, molt entregats a la tasca de portar, sobre les seves espatlles, una gran taula rodona de fusta o similar de les utilitzades per a la exquisidesa que és el formatge però en aquest cas els portants carregaven amb el cos sencer d'un gat en horitzontal, també molt greu, molt seriós i força mort, valga'm Déu.. Descansi en pau. I en arribar al cau ratolaire i avocar la imatge del sant Gatuno, patró de les corredisses, per a iniciar llur festí, la talla va esdevenir carn i molt viva, que tot va ser fruit d'un engany o enginy amb el qual el felí va voler quedar-se a soles amb la confraria per donar-se molt gran afartament de ratolins en la seva salsa i cuita: la de la por espaordida envers l'enemic, de tal manera que la matança de Texas fou una juguesca infantil de tocar i amagar. La història dirà després d'aquella massacre que va ser obra d'una erràtica devoció, que ratolins i gats no van ser creats per estar junt ni en precessió ni diable que existeixi... I a qui sant Fèlix se la doni sant Mickey se la beneeixi.

LA MOSCA EN EL CRISTALL

Al cinquè cop de cap de la mosca en el cristall perquè sortís li vaig haver d'obrir la finestra. Però va venir el sisè, el setè, el vuitè i al final amb desencís em vaig adonar que la mosca era cega. Però jo no et puc tenir a casa, li vaig fer entendre, la meva dona no ho acceptaria pas. Em vaig quedar penjat d'una aranya tal vegada i en assabentar-se la va córrer amb el pal d'escombrar. Mentre trobo l'amor que em porti a la llibertat em dono cops de cap a la finestra. De res no serveix que la tingueu oberta de bat a bat perquè la meva realitat sempre serà plana i maldestra.

1 mosques, mosques, by RAV

COBDÍCIA

Estàtua de la malmesa llibertat, by Diego Rivera Vargas

Es va trencar el clatell caient-ne des d'una altura de més de noranta metres quan, en penombres, s'enfilava a la prestatgeria per a col·locar la Constitució americana, entre dos grans volums d'*Immigratio today*. La davallada va ser provocada per un aire que va atiar la seva túnica i l'incendi en les sedes que va provocar l'espelma que portava va fer la resta. Sobre l'asfalt també van trobar la seva corona, regalada en el McDonald pel seu centenari al que no assistir-hi el Boss. Però el més tràgic de tot va ser que aquell llibre va axafar a milions d'immigrants que desembarcaven cobejosos de pastar fortuna i fer-ho ja. L'estàtua va poder ser reconstruïda però les llibertats, diuen, mai no van reviure i tendeixen a menys.

LA BALA QUE NO SABIA SORTIR

Deu segons abans li tremolava la mà. La boca del canó besava la seva, però no sempre va ser així perquè altres vegades el ferro jugava amb les seves dents sense cap objecció, o s'amagava per sota del llavi superior sortint immediatament. L'arma també estava nerviosa. Vuit segons abans va arribar a necessitar la força de les dues mans per a impedir que el canó se n'anés en una altra direcció on no podria causar estralls. Li tremolava el pols i calia fixar l'objectiu. Sis segons abans va tancar els ulls i es va introduir amb decisió el canó fins a la campaneta produint-li arquejades amb seriosos avisos de vòmits, que també hagués fet malbé l'operació. Quatre segons abans temia que la suor que li relliscava pel front i es gronxava entre els seus pòmuls pogués arribar a oxidar l'arma i avortar l'empresa. Això va ser el que va pensar, sí senyor, potser per la necessitat de dibuixar-se a si mateix una espècie de ganyota en l'últim moment. I per continuant amb els pensaments... va pensar també que els arguments per a abandonar la vida no eren tan concloents com el dia anterior va pensar, en el mateix segon que va abandonar la taula i es va veure sense hisenda, diners ni dona per una mala aposta. Puta dama! I es que no hi ha cartes bones per a un home sense sort. I va pensar que ja no es faria enrere en la seva decisió de fotre's un tret... Com va pensar que l'arma que guardava a la guantera del cotxe tampoc no li permetria pas. I va notar el canó ben allotjat sota el paladar i també com l'índex acusador anava percudint el gallet i ... És aquí quan es deixa de pensar.

...De pensar que dècimes de segon abans se li feia fallida el pols, que va necessitar la mà esquerra per a fixar el canó en els seus llavis, que mai no va saber d'on va treure les forces per a introduir-lo en la seva boca, que al paladar notava un fred i tallant acer i que entre tanta demora el dit índex es va quedar sense paciència i va prémer el gallet... I ja va deixar de pensar. Ni escoltaria com algú contava que va sentir una detonació en el pàrquing, senyor agent, i que va ser el primer a trobar-li bocaterrosa, nedant en un toll de porpra però que hagués pogut ser pitjor perquè... estant a un pas de ser festí dels cucs ara ocuparia, per a tota la vida, una habitació en la planta de pal·liatius. Viu, viu per sempre gràcies al testimoni que ho va sentir tot...

I això és tenir sort, malparit de paio!

UN LLOP DISFRESSAT DE CAPUTXETA VERMELLA

No calia ser molt profeta per a vaticinar la fi dels meus dies. M'ho va dir la tiradora de cartes, abillada amb joies falses i caputxa vermella. M'ho va dir la carta de l'arcà XIII, que significa mort, canvi... Anteriorment m'ho va presagiar la carta amb membrat de la clínica on em citaven el dilluns següent per a la meva primera sessió de radioteràpia i, al cap i a la i, m'ho va ratificar els virus que, amb la meva tos, propagava per la fosca habitació d'aquella vident Ana, primera consulta gratis, després ja veurem...

— Li queda poc temps de vida, senyor Llopis, hores, diria jo. No és res personal, però... —em va dir sincera, directa, categòrica, seguint les meves recomanacions de mentides zero.

—Tranquil·la, senyora: estic preparat per a la veritat.

— Posi's en pau amb Déu si creu en ell i no es preocupi per la visita que a aquesta li convido jo —va rubricar.

I em vaig acomiadar amb un adeu en lloc d'un fins sempre, un altre senyal, sense rancors ni ganes de venjança..., però pispant-li la cistella de les propines, a la molt filla de... Hosti, tu! Es pot dir una notícia mortal amb un somriure, si més no...

Sabent, més o menys la data de caducitat, era preceptiu passar per l'església on m'havia batejat... i ruixar amb esprai ullals de Dràcula sobre les imatges i icones, retaules i bustos... Vaig cridar a la meva ex per a demanar-li perdó, perdó, mil vegades perdó... per tot el mal causat... i li vaig etzibar a grit pelat que el seu nou nuvi, aquell be amb cara de núvol malparit, l'estava tan infidel com jo, amb un gos d'atura... Què mana pebrots!!! Vaig enviar una carta a l'administradora del blog literari al qual acostumo a acudir quan estic depressiu i/o vull buidar el pap referint-li a més de deu dels seus entusiastes col·laboradors que són amants del talla i pega.

— Teresa, escriuen per tenir llibre al sant Jordi únicament i vacil·lar davant els seus amics de ciències... Pur plagi.

Vaig fumar en el metro, em vaig saltar un semàfor en vermell i li vaig dir al tirà del meu nebot qui eren els Reis Mags. Què es foti... Ja res no m'importava. I quan estava a casa amb la meva bata de lli i rul·los, esperant l'arribada de l'últim sopor, vaig sentir com la porta de la habitació de la vella era derrocada a palades per dos homes que apuntaven amb escopetes de caça major.

— Vomita a la dolça anciana que t'has empassat, maleït llop —em cridaven.

— Quina anciana? Estem jugant a parar i tocar... No sé on s'ha amagat, t'ho juro.

Sense temps a sofrir o girar-me vaig sentir una detonació i el frec d'una bala que em travessava el cor...

Fi del primer conte contat pel "dolent". Amb la infinitat de llibres que encara tenia per llegir.

Dona i lloba, by RAV

LINDA O L'ÚLTIM INTENT

Linda era una preciosa gosseta, blanca com el marbre, molt suau al tacte; un encreuament entre llebrer i esperança, si l'esperança fora una raça que poder ensinistrar. Conscient l'animal de que tots eren conscients de la seva presència, professionals, administradors i administrats; familiars i pacients, els d'aquí i els que estaven més a prop d'anar-se'n allà... molestava menys que algunes visites en el seu recorregut lent per passadissos, cuines, gimnàs i habitacions, li ben juro.

No tindria els tres anys d'edat. Recorria tots els racons de l'asil silenciosa, com levitant. Es deixava acaronar però mai no posseir. Cada tarda assistia al nostre penós exercici de mastegar una xocolata dura i pa més dur encara, amb els que fèiem temps per baixar-nos en l'última "nivell". Encara que algú de nosaltres faltés a la cita del berenar Linda sempre va ser fidel. Ens vam adonar que la seva presència augurava el pas final des d'aquell matí d'abril que vam veure com entrava a l'habitació d'un enervat senyor d'Alacant i, a l'endemà, de la cambra només va sortir la Linda, deixant-nos amb la certesa de que... Alacant, el senyor, restava en calma.

Des de llavors cada nit entro a la meva habitació amb menys ganes, deixant la porta oberta per si de cas les visites. Probablement no l'escolti entrar però la senti. La imaginaré vetllant-me sobre la catifa que la meva filla em va regalar abans de desaparèixer, abans de dir-me t'estimo molt però desaparèixer... O potser tan sols va forfollar alguna cosa semblant a... timo. I somiaré amb aplaudiments, doncs soc actor, i teatres plens i pams de roses volant i... No sé si hi haurà demà després d'ella, de la Linda, no pas de la meva única filla, però estic preparat per a quan em necessiti com ha passat amb altres, altres companys que han estat visitats i acomiadats amb tendresa de gosa fidel... que no són pas millors actors que jo, li ben asseguro.

**TOTS
ELS
JO
QUE
SOC**

TOTES LES MANERES QUE TINC DE VEURE'M. PER TOTES LES ETAPES QUE HE PASSAT AL LLARG DE TOTS AQUESTS ANYS, MÉS DE MIG SEGLE, PERÒ, FINS I TOT, TOTES LES MANCANCES AMB LES QUE HAIG DE CONVIURE I AGRADAR-ME, SON AQUÍ. DEL PASSAT VINC, COM TOTS, PERÒ MOLT SOVINT VAIG I VINC PER MOMENTS, SENSE SER CAPAÇ D'ESBALAIR-ME I OBLIDAR, I PERDONAR, I OBVIAR...

AIXÒ SÓN ELS CONTES NO CONTATS PERQUÈ SI SOC UNA MIQUETA JO ENCARA NO SOC EL JO DEFINITIU QUE S'ESPERA DE MI.

QUE ELS GAUDIU.

CINC MINUTS ABANS
(CONTE AMB MÚSICA SUSCEPTIBLE DE SER ESCENIFICAT)

    I sonava el despertador quan m'ho passava millor, després d'haver dormit malament, res o poc i a cegues, a les palpentes i a les fosques intentava atrapar-ho per a apagar-ho o tal vegada per a llançar-ho per la finestra. Cinc minuts més, tan sols cinc minuts i no més era el que necessitava o moriria en el intent...
    I donava tres voltes al llit, un triple mortal, dos bucles, tres tirabuixons, quatre escarpats i en despertar... ja era tard des de sempre i molt més. M'aixecava d'un salt, em rentava les dents i em pentinava amb el mateix raspall, em vestia molt de pressa, fent cabrioles a una sola pota com els flamencs, sense mirar colors, formes ni teixits, confonent això amb així. Baixava de cinc en cinc les escales a punt de caure i matar-me i morir d'una ensopegada, pobre de mi, i en arribar al carrer el sol era tan lluent què m'encegava els ulls i no podia ni veure ni distingir, però finalment arribà a la parada del bus que acabava de marxar….
(Corredors pel carrer fent la mitja marató, i formant un coro): cinc minuts abans!

I corrent, corrent, corrent arribava a l'escola ofegada i sense alè, i havia de trucar al timbre perquè la porta hi era tancada i vaig d'esperar un temps perquè el conserge no es trobava, tenia coses a fer de llums, sanitaris, gespa o vagi vostè a saber, i algú dels petits de P5 que al pati estaven jugant en van dir que el conserge havia marxat... (Manifestants en una concentració al pati amb pancartes, olles i xiulets defensant l'escola pública): cinc minuts abans!

I una vegada oberta la reixa pujo les escales a grans gambades, gairebé volant sense fregar el terra, totes dues mans a les baranes, i en arribar al passadís on està la meva aula, la cent cinc, obro la porta, quin desessis, no queda ningú tret de les carteres i abrics, la senyoreta en pràctiques i quatre o cinc castigats per fer soroll al ben mig de les classes, i quan els pregunto on està la resta dels companys em diuen que han marxat... (nanos entrant per la porta de l'aula i altres sortint de sota els pupitres, de dins de l'armari i darrere de la pissarra): cinc minuts abans!!!

Se que son a l'aula gran d'audiovisuals, tots plegats. Baixo a la carrera de vell nou, sense aire als pulmons, em recorro gairebé tot el col·legi i les instal·lacions, arribo a la porta i pico i pico amb la força d'un gran os i amb la porta entreoberta surt el professor, tan sols mostrant la cara de trascantó i em demana guardar silenci i diu que ja entrar no es pot, que l'examen de ciència per a l'última avaluació ja ha començat... (S'obre de bat a bat la porta i apareixen nanos de totes les edats cridant a la protagonista...): cinc minuts abans!

Per cinc minuts de res tenim una dolenta neteja, un sol encegador, un autobús que no espera, unes portes tancades, unes aules buides i l'últim examen de la temporada que no podem completar, i la temporada perduda... per cinc minuts de res...

I sonava el despertador quan m'ho passava millor, després d'haver dormit malament, res o poc però molt millor llevar-se... cinc minuts abans!

PERDÓ

Cada vegada que brotava, cada vegada que havia d'enfrontar-se a una situació ingovernable per a ell, que podria ser perfectament haver trencat la tassa del cafè amb llet, per descuit o negligència... Cada vegada que això li succeïa estava invocant sa mare, la primera dona que va arribar a odiar amb total consciència. El primer ésser que li va ensenyar a odiar i envejar, que li va marcar amb ferro al seny que no era com la resta, que no era bo, que no era ni just...

Records que havien començat als sis anys d'edat, amb el dit acusador dels seus progenitors i germans grans, cinc, acompanyat de rialles humiliants i menyspreus comparatius... perquè abans dels sis no va succeir res d'amable... perquè si recorda quelcom amable abans dels sis segur que no va ser vida sinó somni.

Avui en dia, desprès de més de cinquanta anys, a l'escena de la tassa de cafè amb llet trencada, podia visualitzar a aquella dona, petita d'alerons, presagiant, amb udols de lloba ferida i plors com davant d'una catàstrofe natural, l'arribada de totes les plagues i el seu amo el diable, i convocava a la família per a que llencessin la primera pedra, que ells ho feien en forma de rialles i insults. A llavors es sentia culpable del desordre als caps benpensants i del mal a l'orbe sencer...

Però avui en Pau estava al mateix menjador i una altra tassa en el temps s'havia trencat i vessat el cafè amb llet però el treball de tota la gent bona que havien aparegut a la seva vida anava en la direcció de perdonar-se, no sentir-se com un dibuix indesxifrable en els jeroglífics de les seves etapes i passar un fregall pel terra... Això era tot, i bufar cap el sostre per fer-se esfumar totes les ombres del passat com si fos un ritual de neteja contra els mals esperits... ara que la família no hi era, ni els menyspreus comparatius perquè havien desaparegut desprès de l'accident d'aquell accident de cotxe , a dos cents per hora, borratxos i fumats, els germans que reien i conduïen a quatre mans... Tan sols vegetava la seva mare, sobre una cadira de rodes, bavejant i deixant un pudorós bassal d'escuma i virus, que Pau s'encarregava de fregar, com el cafè amb llet vessat de la tassa trencada... sense culpabilitzar ningú.

PICTURE VS MIRROR

Tan sols disposava de mitja horeta per entrar en aquella casa que s'havia d'enderrocar i recollir el més vital per a mi. Era casa meva fa cinquanta anys i l'única necessitat que en commovia era la de retrobar-me a mi mateix a partir veure-la i viure-la per dins. Aquesta història li vaig contar al cap d'obra que, amb cinquanta euros d'amagat, va accedir a que tafanegés assumint els riscos de ser esclafat per la caiguda d'una biga.

Tan bon punt vaig entrar identificà el menjador sense olor ni soroll de vida però sí vaig sentir com el tro d'una canonada que esclatava i un murmuri de corrent de riu desbordat. Vaig engegar la llum del cel·lular però sense adonar-me'n vaig topar amb un volum amagat sota un llenç que d'immediat vaig retirar per crear un banc d'àcars fugint cap el seu regne que era tot plegat, i trobar-me... Amb un quadre de metre i mig. Aquell era jo. Aquells ulls riallers de jove de vint eren meus. De celles perfectament negres i alineades i front immaculat d'arrugues i blaus. De dues llunes de color de la mel sobre fons blanc crema, però vaig haver de deixar d'enamorar-me de mi mateix tan bon punt aterrà sobre el meu cap llesques de ciment com a pèsols que es desprenien del sostre.

Vaig despullar de la seva manta un altre bulto. Més àcars i coïssor d'ulls... Era el gran mirall de la peça de l'àvia. Era un monstre de cara malaltissa per rebregada que em mirava a mi; ulls sense cap brillantor i a mitja asta el de l'esquerra desprès de dues operacions de despreniment de retina; celles com teulades nodrides de neu i clots al front i sota els perpals. Aquest no podia ser jo.

Vaig deixar-me caure el sofà, entre el quadre i el mirall, just en el moment que es desprenia una biga de fusta corca que va tapar l'entrada del menjador. Vaig escoltar un terrible crit des de la porta de casa, pertanyent al cap d'obra. Vaig sentir el meu cor que em xiuxiuejava queda't i el tro d'una paret que flaquejava fins trencar-se en cent pedaços. Vaig escoltar la veu d'una nena que em buscava pel meu nom. Vaig amagar-me sota els coixins del sofà per no ser trobat i parar... I ja no vaig sentir res més.

FET I AMAGAR

La senyora Manuela entra al locutori 10. Seu davant el mirall fosc. Sona una campaneta
i comença a il·luminar-se paulatinament el mirall. D'altra banda del vidre ja pot veure el seu fill.
Comença la comunicació oral.
— Cóm estàs, fill?
— Regalat.
— Et veig més prim.
— Menjo poc.
— Et tracten bé?
— Com un marquès.
— Has fet amics?
— Sí, una navalla.
— Estaràs molt de temps?
— Encara no he vist l'advocat.
— T'he deixat vint euros al peculi.
— Necessito roba.
— També.
— Que no sigui de mercat.
—Amb la paga del teu pare no m'arriba per a molt...

— És el teu problema.
— Et veig inquiet.
— Estic tancat, hòstia!
— Per què mires tant cap allà?
— Cap on?
— Allà.
— Coses teves.
— Aquell no és en David?
— Qui?
— Aquell?
— Quin David?
— El teu amic del barri.
— Però, què t'empatolles?
— El que li compràvem això.
— Tu al·lucines.
— I venia a dormir a casa.
— Calla d'una puta vegada!
— Ens saluda.
— Ni puto cas.
— Està amb tu?
— Ell està per violador.
— Perquè trontolla la llum?
— Per què ens queda un minut.
— No eren vint?
— Jo comunico menys.
— Per què?
— Perquè estic a un altre departament.
— Ah, llavors...
— No facis tantes preguntes, òstia!

— La setmana que ve no puc venir.
— Estaràs aquí com un clau...
— Es que...
— Amb cent euros que li dec a un moro...
— De l'economat?
— Del mercat lliure. Calla, collons!
— Et venen droga, oi?
— Una merda de goma.
— Em fas plorar, fill meu.
— Si no plorarem tots. Au, ves-te'n.
— El David et tira un petó. Què maco.
—Hem quedat al pati... amb les nostres amigues.
— N'hi ha dones també.
— Mai no t'has assabentat de res, boja.
Es fa fosc al locutori 10.
Fi de la comunicació oral.

SENYALS DIVINES

Permeteu-me que els conti una història, la d'un ésser trist i anodí com jo. No soc gaire alt, baixet per aquesta època duna generació de nens molt guapos i molt espigats tots; no se convèncer ni imposar-me, no tinc personalitat, això no ho dic jo, ho diu tots els que em coneixen... Per resumir la meva llista de negatives descripcions jo diria que passo desapercebut... Jo, que hagués volgut ser transparent i no invisible. Altres dades que han de saber de mi i que els ajudarà a conèixer més es que sempre porto un cúter en el maleter del cotxe i alguna petita eina més per si les haig de necessitar. Res extraordinari: tornavisos, de pala i d'estrella, clau anglesa, esmolador, un joc de claus allen… Algun bolígraf de quatre colors i poca cosa més. Totes elles dormien en una caixa de cartó que abans havia estat de sabates i sortien a la aguait amb els primers indicis d'amonestacions de cap agent de tràfic, per mal aparcament, poso per cas, o absència de l'etiqueta de l'ITEV, que en el meu cas mai no vaig passar-la o... No em considero violent, que consti, però això de mostrar les eines que portava al cotxe, a una persona entenedora d'aquest llenguatge no verbal, m'havia estalviat molta pèrdua de temps en converses llargues i poc fructíferes.

Aquella nit de la que vull parlar vaig decidir carregar a sobre, dins de la butxaca posterior dels pantalons, en contacte gairebé directe amb la part més freda del meu cos, un cúter en previsió de no recordo quin mal averany. No em preguntin per què ho vaig fer encara que tots sabem que les casualitats no existeixen. Si parlo d'aquesta eina és que abans o d'hora sortirà a escena. El nus de la història va començar quan, després de més de dues hores de conversa amb una... amiga. Amiga sí, aquesta és la paraula perquè no em permetia que la digués núvia ni d'altres fórmules com la d'amiga amb dret perquè... Què volen que els digui? A mi tampoc no m'acabava de convèncer gaire. Reprenc el discurs. Després de més dues hores de discussió nocturna amb la meva amiga i abans de penjar el telèfon i desitjar-nos els preceptius bona nit i fins demà, i un petó (tot això per streaming) i un saps que t'estimo a la meva manera, tontito, i un... Doncs això, que desprès de tots aquests acomiadaments ella em diu, m'insisteix, que ni se m'acudeixi acostar-me a la seva casa aquella nit, ni amb l'excusa que l'endemà complíem un any des que ens vam conèixer en els lavabos d'aquell concert dels Últims de la penya, que segur que no el recordava perquè els homes no estàvem per les dates, i que de cap manera, ni per retruc, se m'ocorregués presentar-me en el portal quatre del carrer Dels Enamorats, tercer tercera i, per descomptat, totalment prohibit telefonar-la al timbre de la porta de baix, fins i tot sabent que ella estarà desvetllada tota la nit corregint tediosos, repetitius i il·legibles exàmens de segon cicle... Doncs això... que no. I ara sí, bona nit... I va penjar o, dit més fidelment: va pitjar el logotip d'un telèfon de color vermell per finalitzar la vídeo trucada... Però si dic que va penjar el telèfon mòbil també m'entenen, oi? I clar, tanta negació del que no hauria de fer aquella nit a minuts de complir el nostre aniversari, la vaig interpretar com una afirmació en tota regla, com un senyal d'una veu coneguda que arribava des del més enllà... Vint i cinc quilòmetres més enllà, per ser més exactes... I tots sabem que els senyals han de saber-se interpretar.

A correcuita vaig llençar el cel·lular sobre el llit, vaig despullar-me al pas i em vaig vestir al galop. Vaig acabar d'endreçar-me, ordenar-me la roba, ajustar-me-la i pentinar-me amb els cinc dits. Vaig seleccionar el regal per a la meva núvia (i espero que d'això que dic no s'assabenti ella, si us plau, ni que li dic núvia ni que ja tenia el seu real més que pensat), el seu regal, segueixo, d'entre altres llibres que estaven sense embolicar. Vaig ficar en una motxilla tant el present com el necesser de bany i una samarreta d'AC/DC que em fa de pijama (mai no se sap) i... Tal dit tal fet o millor dit: no dit però fet. Que vint i cinc quilòmetres i tres quarts d'hora més tard el que subscriu ja estava aparcant en un descampat on els separats treuen a passejar als seus gossos. Sense molta dificultat, tot sigui dit, perquè vaig demanar a Déu pel restabliment de la normalitat sanitària a tot el món i, de pas, per trobar aviat aparcament, recordant que en la parròquia insistien en la idea de que Jesús havia vingut a la terra, no recordo quant temps fa d'això, per a salvar-nos a tots nosaltres i que, si demanava amb fe i insistència el del dalt, també anomenat l'Altíssim, em concediria tot. Mai no he cregut massa en aquestes supersticions ni que la solució ha de venir del cel com ara Superman però tot plegat va ser mà de sant. Un tomb més per la zona i ja havia trobat aparcament en el raval més fosc i inhòspit d'un poble que portava per nom el d'un sant, probablement verge, i màrtir.

Vaig sortir del cotxe molt a poc a poquet, gairebé a la gatzoneta, tancant-lo amb clau i no pas amb el comandament a distància, suposo que per a evitar sorolls i llums de fira, en aquella nit tan de llops i amb una captivadora aroma de suspens. Vaig carregar damunt amb la cartera, útils de fumar i imprescindible cúter, l'altre convidat. Vaig girar la vista cap al vehicle un parell de vegades o tres a mesura que em distanciava, sempre amb la incertesa de saber si a la tornada continuaria tenint cotxe o un xassís de marca francesa recolzat sobre quatre petites columnes de maons, amb la rapidesa que m'havien assegurat que treballaven els pseudo mecànics de gairebé fórmula u d'aquests barris. Joventes més pròxims a les empreses de desballestament necessitades de recanvis originals que als postgraus de mecànica a Formació

Professional. Em vaig endinsar entre aquells carrers de cases barates, bessones les unes de les altres, sense personalitat i pensades per a un treballador quan la feina se subhastava. Multitudinaris i molt joves immigrants que varen esdevenir honrats peons de la construcció amb el dret de reconvertir-se en treballadors d'aquell gran teler pròxim sota el protectorat d'un altre no menys honrat empresari madrileny que els va procurar sostre, jardí, cuina i bany. Casetes del Monopoli, fet amb un mateix òvul-ciment.

En girar la cantonada d'aquell barri per a formiguetes n'hi havia un altre, sembrat de edificis sense ordre ni concert, de més de cinc plantes amb l'ascensor per instal·lar i en un d'aquells blocs destacava el rètol fluorescent de Sonia, perruqueria. Ara sí, ara no, ara sí, ara no... el rètol intermitent en el terrat de l'edifici, que resultava més orientatiu que no pas el de l'estrella de Nadal: una bona guia fins el portal que buscava. La porta de bat a bat, sense cristalls ni tiradors, les bústies al pati de llums, desgavellades totes, la correspondència encatifant el terra i la brossa escampada arreu va fer la resta definitiva per estar segur de que havia arribat al portal de la Maricarmen..

— Té foc, senyor? —em va preguntar una veu de xiulet que sortia d'una boca pudent de cervesa i porrus i manegava una petita navalla que tremolava a les seves mans com el que li fot gas a una moto desballestada... i tot això a un pam del meu clatell.

— Per descomptat, nano —li vaig respondre fent un pas enrere, el que em va permetre d'allunyar-me d'aquell timbre de veu no violent però tampoc no esperançador.

Vaig ficar-me sengles mans en les butxaques, la dreta per a discriminar a les palpentes l'encenedor del paquet de tabac i l'esquerra que començava ja a ordenar a l'eina que tragués el cap. Amb la llum del foc vaig poder endevinar el rostre d'aquell mocós, literalment. Cara sembrada d'acne, gran i vermell nas d'esnifar-lo tot; boca trencada en dos hemisferis, darrere d'un cigar en forma de trompeta i a dins d'aquesta un desgast de dents fruit del natural fregament entre dits i pols blanca.

Però l'únic apèndix del seu cos que m'interessava era aquest acer oxidat de dues molles en mà tremolosa. Així la seva cigarreta amb contingut a dins s'encaminava lentament al punt de foc que jo li oferia i la seva navalla també, d'esquitllentes cap al meu pit, o així ensumava. Va ser en dècimes que li vaig arrabassar el canut amb l'índex i el cor i li vaig introduir més de set centímetres de fulla de cúter netament per la boca, com si fos la sort torera de matar, tot i dibuixant gairebé el mateix recorregut que empraria un mestre. Vaig regirar a dins de la gola per escodrinyar la seva campaneta, i vaig haver d'empentant-li d'amunt a avall amb la mà que posseïa el ferro mortal per veure com queia aquell arbre de noi, alt, prim i sec. Va besar el terra desplomar-se d'una sola vegada i sense rebot, balbucejant sons d'aigua i sang. El soroll del seu crani sobre la vorera marcava l'una en el campanar de tots els morts. El púrpura rajava com abans la saliva quan em va demanar foc, com a excusa per a acostar-se a mi, i ara els seus ulls no sabien a quines llunes mirar. A l'instant van començar a desprendre's algunes monedes de la butxaca superior de la seva camisa, rodant lliures i desorientades. Més soroll a la nit que no m'interessava sentir. El millor era recollir-les totes, abans que fossin absorbides per la claveguera més pròxima, com si fossin en temps de collita, sense por a d'esllomar-me per falta de costum. Ja posats, a l'ofici d'assassí vaig sumar el de lladre de cadàvers i vaig anar introduint les meves mans per totes les butxaques de la seva roba, que entre pantalons, mitjons i armilla eren centenars, trobant-me una infinitat de bitllets rebregats, surosos, trencats molts d'ells. Papers i metalls que els vaig anar traspassant a la motxilla del regal. Així, com a salmons a la cistella del pescador que sap esperar-los, entraven. Els ficava sense fer escarafalls de números, colors, ni grandàries, ja que era conscient de que tots i totes eren filles d'un mateix Déu. I poc temps després de la seva aparició al mercat aquests diners van dibuixar un somriure a pensionistes i aturats, o xinesos que viuen davant d'una màquina escurabutxaques, m'és igual... Fins que es van topar amb un nen dolent que els volia tots i els volia ja i... que va tenir la mala sort de demanar-me foc, a mi, que soc el més dolent i malalt de tots, encara que no fumi.

No vaig creure oportú pujar a visitar a la meva estimada, i amb això obeïa textualment els seus desitjos, ans al contrari vaig tornar al cotxe i sortí disparat a cinquanta per hora... però en primera. Ja no em preocupava que el soroll trenqués la calma. Crec que ningú no m'havia vist. I en una corba dolenta de la carretera nova, com cantaven els *Chichis o els *Chunguis, vaig veure molt necessari fer un alt i obrir la motxilla per a comptar el botí. Amb la lluna i el petit LED frontal-interior del cotxe com a únics testimonis. Vaig arribar a comptabilitzar aproximadament de vint mil a vint-i-dos mil cinc-cents, euro amunt euro avall. Perfectament els diners que necessitava per a liquidar el meu negatiu amb la targeta de dèbit. Ja, sense donar-me molta traça, vaig tornar a ficar el muntant que minuts abans havia estat tret de la motxilla i dipositat en el seient de l'acompanyant.

Llavors sí que vaig ser ortodox amb la conducció i vaig girar la clau per a sentir rugir el motor, vaig trepitjar l'embragatge per a posar primera i lleument vaig pujar el peu mentre incidia, molt molt suavecito, en el pedal del gas. La vista al capdavant, descobrint un osset de paper amb perfum a llimona que tremolava segons el rasant de la carretera, al costat del mirall de cortesia, fent germanor amb un rosari que *Maricarmen em va regalar, més per superstició que per devoció, però mai no se sap, deia ella, quan és veritablement útil. Van ser en aquests moments que vaig sentir la imperiosa necessitat de parlar amb Déu:

"Fa temps que t'estava demanant diners per a sortir del sot encara que també saps que no crec molt en aquesta fórmula de demanar-te'l, sense cues. Si no ha estat casualitat que hagi volgut sorprendre la noia acostant-me al seu poble, ni carregat amb el cúter quan mai el faig i has estat tu el que m'ha posat davant d'aquest desgraciat lladregot de merda... potser tot això vol dir que ets més real que les matemàtiques. Amb tot no trobo molt ètic continuar creient en tu encara que sé que no seria el primer assassí que resa en un altar abans de desenfundar la metralleta. Crec que em passaré al bàndol contrari i no vull que entenguis que continuaré per aquesta línia del mal sinó que no puc mirar-te als ulls ara que t'he sentit tan de prop. No sé si m'explico".

Jo parlant sol. Ens estem tornant tots bojos, o què?

I aquesta és la història que volia contar, que és la meva. Quan vaig arribar a casa de matinada no vaig poder dormir, per descomptat, i quan van obrir els bancs em vaig dirigir al meu per a saldar les meves cuites, em van fer seure tractant-me de vostè i cap dels cinc empleats que em van atendre va preguntar res sobre l'origen d'aquells diners bruts i rebregats... Fins al dia d'avui, que m'aixeco tard i amb ressaca, m'alimento amb el menjar porqueria que un motorista em porta a casa i no surto al carrer ni parlo amb ningú... Ni per telèfon. Ni amb la meva núvia, que ja no tinc. Ni amb Déu, amb el que mai no he cregut.

LA MEVA INNOCÈNCIA

La meva innocència va caure pel clavegueram sense cap possibilitat de poder-la recuperar quan la maduresa em va arribar per darrere disfressada de pallasso de la tele i embotida en un ridícul vestit amb tots els complements de conte infantil per a nens disminuïts, i em va introduir la seva cua d'ortodòxia i seny per tots i cadascú dels forats que te el cos humà, trets de l'orella... Rajava sang com la font de les mils aixetes, i alguna cosa semblant al plaer, a parts iguals. El maduresa em visita i marxa, com un llamp inadvertit, però la imatge que d'aquell fenomen la guardo al la retina i a l'anus.

Conèixer l'edat de les llums fa molt mal i pica... Des de llavors ja no col·lecciono cromos, maquillo nines ni, per descomptat, m'ajupo a recollir papers amb la forma de bitllets de 100 dòlars que abans tiraven els homes al meu pas per a veure'm les calces.

CASSIS AHMADI, EL VELL

A la tribu dels Cassiani, al nord-est del riu Dauro Ingo existia el costum, per cultura o tradició, d'abandonar la comunitat en el mateix instant en què qualsevol membre es veia minvat de la capacitat de sentir, o sentir-se'n; veure, olorar o ensumar-se'n. Era el propi guerrer el que no es creia útil per al seu poble i prenia la decisió de desprendre's de robes i armes, que no li pertanyien, i així, totalment nu, iniciar el trajecte en direcció a la Gran Cascada, que totes les llegendes la situava a noranta-nou jornades del poblat. No tenia dret a triar ni dia de la marxa ni companya però sempre hi havia un can ensinistrat que li seguia o bé durant tot el trajecte o part d'ell. Les bèsties de quatre grapes acostumaven a tornar al poblat però no estaven autoritzats a revelar els colors i olors de La Gran Cascada, sota càstig d'haver de convertir-se en l'ésser que van ser abans d'aquesta forma d'animal. Tots aquells que la seva angoixa fos tan irreversible com la del guerrer, trieven guiar-los i romandre junts fins el final dels finals. Llavors, s'entén, que cap dels dos, ni les seves essències, ni allò que s'enlairava des de dins de la boca i jugava amb les aus petites, segons havien vist els xamans, i que no es podia pronunciar pas per no sofrir les represàlies dels núvols... Ni cossos ni gossos, ni els seus bufs, dic, acostumaven a tornar.

Aquest hauria d'haver estat el cas de Cassis Ahmadi que no veia, ni escoltava, i amb prou feines recordava el seu nom però creia que el poble estava en deute amb ell cada vegada que matinava i continuava entre els seus sense enfilar el camí de la Gran Cascada. Jugava amb la canalla que es burlaven d'aquell coixet, cec i vellet ancià que havia estat el més principal dels estrategues. Un grapat de núvols als ulls l'impedia veure i ensumar el perill; ensopegava en una línia de sorra i ja la llança no volia dormir a les seves mans.

Els pares principals de la comunitat van pregar als fills de Cassis que l'ajudessin a emprendre aquest imprescindible viatge i van permetre fer-ho amb draps i fruita verda, fàcil de devorar pels seus febles queixals. Perquè el vell ignorés la gravetat de l'assumpte el conclau de la tribu també va consentir que una part del trajecte la caminessin en família, com si fos una incursió als grans llacs de la veritat que era un blau i net recés on els grans arbrers de la dolçor s'inclinaven cap a l'estany per prendre aigua i flors. I que un cop allà només els capaços estiguessin autoritzats a tornar a la tribu i Cassis Ahmadi enfrontés l'últim trajecte del viatge amb la dignitat guerrera que havia viscut els més de trenta cicles. Amb enganyifes com ara la d'admirar l'indret on els deus de la nit fabricaven els llamps sense trons, i mentides semblants, van allunyar al patriarca Ahmadi de la tribu tres nets amb els seus respectius fills. El pas el marcava ell i, encara que mai no va donar la sensació de defalliment, sí és cert que alentia la natural marxa de la sang jove i esgotava, per la seva lentitud, a qualsevol altre membre.

Tal va ser la duresa del trajecte que, a meitat del camí, aprofitant que el vellet estava adormit enroscat a una pedra al voltant del foc, uns familiars varen decidir abandonar-lo a la seva sort, desprès de despullar-li de roba, amulets protectors dels bramits de la nit, bastons i calçat, i altres arribaven a pensar fins i tot sacrificar-lo sense més dilació i presentant-se, compungits, i narrant en un foc de campament, que el pare dels pares dels ahmadi no va poder aguantar més i es va tirar en braços de la deessa Somno, deïtat que recollia els últims petons dels bons Cassiani.

Un matí de gebre i gel, sense lluentor ni calor, Ahmadi tremolava de por i de fred, i els seus pocs queixals xocaven uns contra els altres, i trobava a faltar fulles o pell seca de felí mort que li cobrís cames o pit, com abans d'anar-se a descansar i udolava els seus familiar propers sense atrevir-se a obrir els seus ulls ennuvolats... I tampoc no escoltava cap ronc dels seus familiars, ni respostes als seus precs ni espetec de branques en una brasa apagada. I va ensumar a la volta celest unes aus negres que sempre apareixien al voltant de la carn dèbil i que eren auguri de final de l'equilibri i l'animal del fred mossegava amb més força i va ser quan ho va entendre tot... Estava caçant tot sol, sense abric ni llances, desprotegit dels deus i els seus favors; sol per complir el cicle de ser aliment dels animals dels que s'havia alimentat tota la seva existència. No va plorar... perquè els cassiani no ploren i va decidir, digne com l'exemple que va a arribar a ser, cobrir-se de nou amb l'herba curta que aquella darrera nit li havia servit com a coixí i provà la sort de no obrir els ulls mai més.

Va de dones. Sense comentaris. No m'agrada transvestir-me però sí posar-me a la seva pell. Sense més preàmbuls...

LA DONA DE LES SIS

Bon dia.
Bon dia.
Sempre el mateix bon dia a les sis del matí. Sempre un bon dia diferent a les sis del matí.

I desprès de la cortesia de les sis del matí ulls al sòl de l'ascensor, muts a la gàbia i la imaginació treballant en les seves disbauxes. No em coneixes ni et conec però ensumo que ets una molt bona persona, treballadora si més no, perquè... Tu vas a treballar, clar, perquè a aquesta hora o vas a treballar o vens de juerga, i els que treballem som bones persones, treballadora jove, ni un any més dels trenta-i-sis, jove també per la manera de vestir i la perxa que marques, un metre setanta o més alta, diria jo, que tampoc és l'alçada ni jove ni vella, com els de Vilafranca, però els d'abans no creixíem tant, has de ser jove perquè no mostres ni una engruna de greix que, probablement sia en part obra vostre, que us cuideu molt totes, i us alimenteu més sà, o passeu més gana que el que es va perdre a l'illa, que també podria ser, però sens dubta... aquí ha obrat anar cinc dies a la setmana a castigar-vos al gimnàs, que segur que es qüestió de peses per un tub i també de zumba i tot això... que en els meus temps li dèiem rumba i vosaltres zumba, però és el mateix, i també la teva carona torradeta diu molt de tu i dels estius a Torredembarra, o més juny, que segur que tu ets més de la Costa Daurada, perquè tombar-se tres, quatre, cinc hores sobre la sorra de Cadaqués no deixa el mateix color de pell, i quan més al nord la platja més pedres hi ha, i si aconsegueixes posar-te morena a la cala Estreta és perquè t'has tombat sobre una bonyiga de cabra, dic jo... Jove i amb possibles, que de bon segur que manegues calerons perquè estiueges fora, i alguns ho fem a casa, de casa al bar... aquesta és una, clar, i per la roba que marques també, que aquesta americana color crema ja ens està parlant d'un nivell top que... que no et vesteixes en un Todo a cien, vaja! La que te calerons te bon gust i bones raons... I m'ha sortit un rodolí... I la camisa blanca, que sembla d'home i segur que és dels Calvin i Klein, que tenen uns preus que ja piquen... i amb els pantalons que no arriben els turmells, què em dius? Que sempre l'han portat gent divertida, perquè tu has de ser divertidíssima a les festes, bodes, banquets, fires, comunions i tot això, però no t'imagino casada, què avorrit, mira tu, ni amb núvia... Que a mi tant se me'n fot si t'agrada la carn o el peix... o tots dos en un Sandwich! La gent important com nosaltres no pensem en això quan estem reunits canviant les tendències de la moda, o canviant el món, directament, i petant-la sobre Déu i la seva mare... Oi que no? I no ho dic per mi perquè jo tan sols canvio d'andana, sinó per tu que segur que vas a tancar un negoci a aquesta hora, amb l'estil que portes i amb aquest maletí de pell color carn que et delata també, que no és el mateix que la polipell del meu sofà bru de botons, que quan acabes de despertar de la migdiada et lleves amb més forats que el braç d'un ionqui... Que no, que aquest de segur que és el maletí de les grans ocasions, dels que contenen papers que tan sols li calen ser signants i, apa, la nena ja te un milió més a dos quarts de set per la venta de roba, que segur que tu et dediques als draps dels que es paguen bé perquè... totes moda sou, com els Tous... Un altre rodolí, i es que estic sembrat. Cóm es diu, sembrat o abonat? No, abonat és per veure futbol i segur que tu ets més d'esquís, a Torredembarra no, però a Port del Comte... Em jugaria el cul i seguiria essent verge... Doncs això. No et conec i mai no em creuat més de dues paraules a l'ascensor ni enlloc però com si et conegués de tota la vida i com que m'avenço al futur en acomiadar-nos a la vorera sé que m'espera un...

Bon dia.

Bon dia.

Que bons deu segons d'ascensor ens he passat, oi? Així interrelacionem la bona gent... I és que la bona gent ens reconeixem, som educada i somrient. Guaita!, un altre rodolí.

LA NOIA A QUI TOTHOM ESTIMAVA

Hi ha desitjos que no s'haurien de demanar pas ni tan sols al patge reial com hi ha somnis que no s'haurien de desitjar per si de cas es compleixen i no em refereixo a aquells dels quals encara ens pertany l'inici, el nus favorable als nostres interessos o el desenllaç.

Somiar amb ella, esvelta, riallera, maca fins vessar el got, era d'allò més fàcil. Probablement en aquell poble oblidat de Déu (com vulgarment es diu) tots i algunes totes ho feien, sense excepció. Alguns amb pretensions de llit i sexe i la resta culminant el somni propi (una altra vegada la paraula que més somio) pel mateix fet de ser atesos, escoltats, acaronats per ella; abraçats per la noia que desprenia tota la calor d'humanitat que la Humanitat tant necessitava. Així era Tanita, que venia de Teresa Trinitat, que venia d'un postgrau de Treballadora Social, que venia de fer pràctiques en un centre de reclusió per a menors abans que aquests hagueren d'engrossir les desenes de presons que poblen la nostra geografia. Però no volia seguir treballant amb nanos perquè es creuen que no tenen límits, acostumava a dir. I tenint a l'abast triar plaça en el centre del país o rodalies per haver obtingut la tercera millor qualificació de la seva promoció, es va decantar, de voluntàries maneres, per allunyar-se (algunes boques diuen que amb el cor trencat per un desamor. Ja dic: boques son). I sí, va bescanviar la qualitat de vida que sempre dona la capital per a vincular-se a aquell poble, en aquest breu període de la seva existència que li va tocar viure, encara no complert el seu quart de segle. Així era Tanita: generosa i despresa, un somni de dona.

Treballava com a tècnica de la Regidoria de Planificació familiar i educació, però també signava com a secretària de l'alcalde, organitzava càterings, era xofer de la seva senyora i moltes coses més que no estaven pagades, tot això en un petit Ajuntament de tan sols dos-cents cinquanta habitants, que era una taca en el mapa, en espera del naixement del primer dels Olivars Mesa, que permetria que el nombre de regidors augmentés de cinc a sis. En aquell antic escorxador modernista que ara feia funcions de Casa Consistorial també hi treballava Alita, Alicia Ita, de professió els seus exàmens, i que als seus seixanta-tres anys ja declinava la invitació de presentar-se a unes altres oposicions per a guanyar una plaça en l'administració local. Alita controlava l'ordinador i els telèfons de la centraleta amb totes les extensions possibles. "Si desitja posar-se amb Joventut, progrés i atur marqui l'un. Si desitja parlar amb Taxes, multes, impostos i festejos, marqui el dos. Si desitja parlar amb Memòria, sanitat, vellesa i educació viària marqui el tres. Si desitja parlar amb el Sr. Alcalde, esperi". Esperi. Esperi. Esperi. Esperi. Esperi... I a l'altre costat del telèfon sempre estava Alita amb un magnetòfon pel qual es podia escoltar els grans èxits d'ahir i d'avui de la música de tots els temps, que sempre feia més agradable l'espera. I el tercer membre d'aquell edifici, laboral o manyà per a tot, personal sense comptar amb els càrrecs electes, era l'amargat, de cognom Amargo. Ratllant la quarantena, ratllant el coma etílic mentre buscava el punt. Descurat d'higiene i neteja, estava sol per a rentar-se la roba o treure-li un petit cèrcol de vi d'euro.

Abandonat en les ungles, la barba, l'alè i l'enteniment. Format en un temps en què perseguir i desautoritzar a la companya era divisa de raça. Mai seria estimat ni respectat malgrat que se'l reconeixia una certa traça en el treball, això sí. Deixava d'obrir el seu petit establiment de components elèctrics, i loteria nacional i souvenirs de la comarca i... passava unes hores a la Casa de la Vila arreglant llums i entapissant cadires. Sabia distingir el guix del ciment, l'armella del clau i els taulells de les vidrieres, i amb això tenia prou per fer-se l'amo del manteniment.

Jo somnio amb tu, Tanita, li deia entre glop i glop, i xuclada i xuclada del seu cigar pur mossegat entre les dents, i becaina i becaina a conseqüència de tants de glops rere glops. Que em portes a l'altra part del món, deia. Doncs jo prefereixo que somiïs amb la cortina trencada de la sala de juntes i les quatre anelles que falten, que te les vaig demanar fa un mes, li responia el seu somni feta carn. Has d'anar a dormir la mona i jo no aniré amb tu, taral·larejava per Rosendo Mercado, marxant amb els papers a una altra part, lluny de la visió i les escopinyades d'aquell cada vegada que obria boca. L'amargat reia molt ximple i salivava la seva derrota mentre buscava qualsevol racó per a quedar-se fregit. El quart de neteja li servia o l'arxiu, fred i fosc, per a somiar amb Tanita dient-li que sí, que bé, que val, que quan tu vulguis macho...

Aquella vegada ell estava conduint i bevent d'una llauna de rossa nacional, a gran velocitat les dues coses. Donant cops de cap sobre el volant. A la ràdio del cotxe sonava Stairway to heaven. Tanita va aparèixer per la finestra de l'acompanyant i li va demanar que parés. Crec que va dir això. Que parés i la portés a casa seva. Li ho va dir semi nua, només amb una camisa d'home i sense calçat ni roba interior. No va parar el cotxe l'amargat però ella es va muntar de totes maneres. Ell no parava de xarrupar de la llauna de cervesa i de vèncer-se cap endavant i cap enrere. I li va demanar un favor. Ell a ella. Només un. Li va demanar una petita feina, de no res... amb la boca. No, no, porta'm a casa, deia la nena. O amb les mans, vingui, deia ell. Estàs borratxo, ens matarem. Estàs boig. Sí, estic boig per tu, amor. I li va cantar per Sau. Ara em vens ensenyant mugrons i cactus rasurat. Has estat tu la que m'estàs buscant... Mira, un altre rodolí... I li queia a sobre de la nena, papós.

I ella li va dir que sí, que bé, que val... Així va ser, però li va posar com a condició que conduís ella i ell es passés al seient del copilot. Quina cabrona. És pel morb, veritat? Conduint i xuclar, oi? Ets una diablessa, deia ell. Sí, em dona molt morbo conduir i empassar al mateix temps, deia ella mentre es desempallegava de les seves mans de polp. Sí, sí… Ja sabia jo que tu eres d'aquest món… Del món del vici i això.

I es van jugar la vida, ell més que ella, perquè mentre l'amargat es passava al seient de darrere fent un salt mortal per a principiants, condició primera per a poder guanyar desprès el seient de l'acompanyant, Tanita era qui manegava el volant, sense estar encara asseguda davant d'ell i sense visibilitat ni accés a fre o embragatge. I el cotxe fotia culades a tort i dret, clar, i la comarcal continuava essent molt estreta i empedrada, i Led *Zeppelin continuava sonant un decibel més d'allò que fora normal… Si encara no tenen el cor a cent afegeixen que el motor rugia com una fera, com si hagués estat trucat, amb més revolucions que un disc x5. I en dècimes de segons la noia va aparèixer en el seient del conductor/conductora, i el noi no va tenir forces per saltar cap endavant, ni amb la tècnica de la granota torera. I l'escena s'anava alentint. Alentint. Molt. A mesura. Que la noia. Prenia El. Comandament. De. La situació. De la situació fins a arribar a paralitzar el cotxe. A poc a poc. I aconseguir virar de rumb… Per aquí no es va al poble, deia l'amargat des del seient de darrere, reient com un fumat i intentant incorporar-se i caient sense forces, i relliscant els seus dits que no s'agarraven a la tapisseria dels seients de davant i sucumbint de nou a la seva falta d'equilibri i excés d'embriaguesa... Però això sí... sense parar de riure. Llàgrimes vermelles i riures sense esforç. Histriòniques de tipus... molt tocat per l'ordi.

— Has d'anar a dormir i prova d'aturar aquesta hemorràgia. Jo no aniré pas amb tu —va dir la noia— No t'ho repeteixo.

Després d'un silenci, hi va tornar:

— Has d'anar a dormir la mona, i jo no aniré amb tu...

I així va marxar amb els papers a una altra banda de l'Univers que era la casa gran, lluny de la presència de Justo Amargo i del seu fètid alè, sense acomiadar-se del senyor alcalde que tampoc no hi era. Rares vegades hi era. Aquella vegada, com a responsable de l'agenda del sr. Batlle, va haver d'anul·lar un parell de visites i va decidir encarar al trot el camí de la comarcal més estreta i empedrada de la regió i sense vorals ni baranes, fins al naixement d'un riu sense nom ni cognom que creava el bassal d'aigua més clara, cristal·lina i fresca que mai no s'havia conegut a la comarca.... I solitari i íntim, aquell gorg. El que necessitava per a oblidar.

Aquell petit paradís no era d'aquest món. S'accedia per un lateral inimaginable de la comarcal més estreta i perillosa. Es baixava per un terraplè tampoc molt inclinat i apareixia una claredat com de conte de fades, i canyes que doblegaven el llom per respectuoses i ancianes, i en la catifa verda que era l'herba va entrar descalçant-se com qui xuta una pilota de soccer. Els pantalons es van desprendre de la cintura tan sols descordant un botó perquè després van relliscar sols abandonant aquelles cames de maniquí sempre de temporada. Bastava amb trepitjar-los amb meridiana insistència perquè descansessin sobre el verd i llançar-los també a l'espai amb una precisa puntada de zaguero de rugbi. La camisa, dues talles més gran que la seva esquena, va volar de la mateixa manera que els pantalons tan bon punt va desaparèixer la tortura dels botons del puny. El top es va suïcidar després de ser acorralat per tots els dits menys el gros i també va ser llançat pel cap fins la volta celeste... I la meva nena va ser la sirena que acaba una curta carrera tan sols amb els botons del mugrons, i de l'aire a l'aigua, i de l'aigua a la glòria a pes bomba...

Un bany de dolor tot. Nas i boca escamotejats per la sang que baixa formant un perfecte codi de barres amb data de caducitat: la de l'home-porc. Porc en el seu propi suc. Vermell i púrpura alhora, vermell crit, vermell por, vermell angoixa i sang. Volant incrustat en el pit que perfora galeries i artèries. Mar de sang i aquesta vegada no s'endevina la seva procedència. Sang ulls, sang sentits, sang de nas? Vermell cristall i quadre de comandament saltant pels aires com a funambulismes en la pitjor de les seves actuacions (pressió rodes, nivell oli, rellotge digital, kilòmetres recorreguts)... Tota aquesta numeració aterrant al paladar i entre les dents. Menys tors definit que carn nua. Muscles, esquelet a l'aguait. Més sang en turmells i genolls. Genolls trencats en dos, en tres, en cinc... Soroll en tota la carn del vehicle com a rodes i cables i en tots els cables del cap de l'home. I punt. Punt i gairebé final. I coma, estat comatós, desprès d'un coma etílic o quasi. La vida en dos actes. L'escala continua conduint a l'infern. Grande Leed.

Tot era pau i peix. Peix d'ignorància, de no voler saber, de deixar-se portar. Estar peix no és ser peix, au del mar o riu, per expressar-ho d'alguna manera. Tanita inhalava la més meravellosa sensació del nores més absolut i pur, absorbia el buit, el fumava... Sensació de no fred ni calor, de no pressa ni temps, de no fosc ni llum encegadora que enfosqueix la vista... La mort. I no tingueu por a aquest estat, si us plau. Això és la mort si tingués espai definit i no que l'hem posada a l'últim punt del contracte però... el treball obliga i les carícies de les gotes que rellisquen per la llarga crinera de la noia fins a arribar al naixement del cul han de posposar el seu recorregut, paralitzades com en un joc infantil. Han jugat alguna vegada? Algú dona l'alt i els altres es queden paralitzats d'esglai. Tanita moria de gust, entre l'aigua. Ai, qui fos gota d'aigua per relliscar pel teu cos! Responsable va ser l'aire amb la força d'un terrible empipament, l'aire al que cal obeir encara que mai no sigui vist, el mateix que despentina l'herba al seu antull segons velocitat i rumb. El mateix déu que obliga les branques a colpejar-se entre elles, que aconsegueix desarrelar arbres.

Qui si no té el poder de subjugar a la noia que ha d'agarrar-se a l'aigua si no vol ser abduïda? Acaba el teu treball, li diu el vent i ella surt de l'aigua, atleta esperonada pel so... Pel so de... Sembla el d'un vehicle que derrapa, i perd horitzontalitat, i potser vola i fa voltes de campana i es parteix el llom contra dos o tres arbres i... Òstia, el borratxo!

Ha de sortir volant, com una bala des d'un canó, un xic hipnotitzada, un xic atordida per a recollir les seves peces doncs no troba ni calçat ni roba interior ni pantalons ni cinturó ni més drap ni complement que la camisa que, enlairat com una bandera, bufeteja tot el que troba al seu pas, branques, nius i fulles... Únic element que no va convocar el vent i se li va permetre no volar. Només va posar-se la camisa i res més, i la por amb la que també es va vestir i així, descalça i a la carrera, cap a la comarcal es dirigí i en aquella maleïda corba, estreta com a colze d'esquelet, va trobar un cotxe, el cotxe que ensumava que havia de trobar, que associava a la tasca que havia d'acabar, per la que havia baixat a la Terra...: el cotxe d'un amargat. Però no era un cotxe, que era una pasterada de ferros, cables i carn, una mica de guarda barro, una mica de cristalls trossejats i una mica de llandes sense origen ni final, entre els braços que van ser d'un ésser humà i renta parabrises com a fletxes dins de les costelles. I tan nua, o tan vestida com estava, Tanita va pujar al cotxe por la part del conductor. No facis esforços i queda't darrere. Va trepitjar un pedal, va avançar el canvi de marxa a la primera posició, va accionar el gas, va deixar anar l'embragatge i a poc a poc, a poc a poc, com una agonia sense remissió, va disposar d'acabar amb la comesa. No saps qui soc jo? Comarcal a baix, en sentit contrari a la direcció d'un poble que quasi ni figurava en el mapa, acompanyada pel poeta Led Zeppelin que els conduïa a tots dos a l'infern...

— Quan era petita vas estar a punt de cremar-me. En altra existència i mon... Jo portava un anatema i tu duies una creu als teus hàbits i molt de poder. Teníem una altra forma també... No havia complert els cinc. A la meva pobre mare sí la vas anomenar bruixa i la vau calar foc en públic. Vaig marxar d'entre vosaltres per un altre motiu i ara he tornat amb tu com a deures per a setembre i no te res a veure el nostre passat, va dir Tanita com una Venus de guapa i de xopa i l'Amargado en la part de darrere, sense força ni consciència per assumir i menys per a deixar d'empassar sang a borbollons i tot allò plorant i purgant per aquesta vida i per l'altra... Et deixo on neix el foc. Has d'anar a dormir i provar d'aturar aquesta hemorràgia. Jo no aniré pas amb tu, va continuar dient la noia. No t'ho repeteixo.

I baixà d'aquella pasterada sense forma definida. I va marxar despullada no sé pas a on.

I fi de la història. De la història d'alguns figurants sense la presència dels quals també hagués estat possible desenvolupar aquesta llàgrima que ha estat aquest relat. De la història de l'amargat, que venia d'Amador Amargo, d'addicte amarg, si voleu. De la història d'Alícia Ita, tan obscura com a necessària, a la feina i a la vida. Sense gaires aspiracions però tampoc no gaires problemes. Aquesta és la història d'una preciosa noia a la qui tothom estimava, de fresca i blanca pell i peces d'orfebreria que era el seu cos i semblant, perfectament encaixades per l'arquitecte de la Creació, si creieu: de Thanita, mal pronunciat Tanita, que venia de Thanatos que... Bé, tots sabem d'on ve Thanita i només, els que la criden imperiosament perquè estan farts de viure, saben cap a on va.

ANA Y LUCÍA

ANA Y LUCÍA, AQUÍ TRADUÏT PER AQUESTA EDICIÓ AMB EL TÍTOL DE ANNA I MARIA, ÉS UN D'AQUEST TEXTOS QUE SORGEIXEN D'UNA VEU A LA RÀDIO I, IMMEDIATAMENT, EL TRANSFORMO AMB UNA ALTRA INTENCIÓ: ON VAIG SENTIR QUE EL CONTE, AQUESTA HISTÒRIA, VERSAVA SOBRE LA GRAN MENTIDA QUE ENS MANTÉ VIUS, EL VAIG VOLER DONAR UN GIR DRÀSTIC I FER-LO PROPI... AQUEST TEXT EL VAIG TREBALLAR JUGANT AMB LA MUSICALITAT QUE OFEREIXEN LES PARAULES I MARCANT DESCARADAMENT, I SENSE PAL·LIATIUS, LA SEVA VESANT D'AMISTAT. COM QUEDA DIT LA PRIMERA REFERÈNCIA VA SER LA HISTÒRIA ESCOLTADA A UN PROGRAMA QUE FEIA LA PERIODISTA GEMMA NIERGA PERÒ NO EM VA COSTAR MOLT CAPBUSSAR-ME EN LA REFERÈNCIA QUE HAVIA VISCUT EN ELS ÚLTIMS DIES DEL MEU PARE, AL QUE LI VAIG ASSISTIR SOFRINT HUMILIACIONS DE TOT TIPUS... TOT I QUE PERTANYIA MÉS AL CÀNCER QUE NO PAS A ELL. VAIG AMB AQUEST TEXT GAIREBÉ A LA MEITAT DELS ESCENARIS EL QUE EM PUJO I NO SEMPRE EL FINALITZO SENSE DEIXAR ANAR UNA LLÀGRIMA.

LA TRADUCCIÓ AL CATALÀ, QUE ÉS MEVA, ÉS... COM HO DIREM? PER EXIGÈNCIES DEL GUIÓ, INTENTANT DE RESPECTAR MÉS LA MUSICALITAT QUE NO PAS LA FIDELITAT DE LES PARAULES TRANSCRITES.

QUE EL GAUDIU.

Ana y Lucía eran dos niñas que vivían en una pequeña habitación. Para ser más exactos, en la ciento dos de la planta diez de Oncología. Cantaban, soñaban y reían como cualquier niña de su edad, pero cuando el tedio les venía a estrangular, Lucía le preguntaba a Ana, que dormía más cerca de la ventana, qué es aquello que veía a través del cristal. La nina hacía dos paréntesis con sus manos pequeñitas y corriendo la cortina le relataba a Lucía.

— Veo un quiosquero vendiendo cuentos y un perro ladrando a una señora que está corriendo con una cinta en el pelo y una pareja que se toman de la cintura y se besan sin importarles nada ni nadie... Hace un día maravilloso y feliz para ser vivido allá en el parque.

Una noche que Lucía se desveló abrió los ojos y comprobó que faltaban los enseres, los deberes e incluso la cama de Ana, pero de inmediato se durmió, y al abrirlos de nuevo pudo ver al galeno pasando consulta y sonriendo a la vez, al que preguntó:

— Doctor, ahora que mi amiga Ana no está, ¿podría ocupar su lugar y dormir al lado de la ventana?
— Claro, amor mío. Sabes que a ti no te puedo negar nada —le dijo sin dudar—, que eres la niña de mis ojos y además orden he dado para que de inmediato venga a ocupar esta habitación otra niña de tu edad y sé que os haréis muy buenas amiguitas.

Dicho y hecho, cuando todos desaparecieron entró el celador tirando de una cama con una niña sin cabello y el rostro blanco como el arroz que de inmediato entablaron amistad y conversación.

— Cómo estás? Yo soy Lucía.

—Encantada, me llamo Clara y hace días, semanas y meses que voy de planta en planta y de habitación en habitación sin saber cómo ha despertado el sol. ¿Qué te parece si tú, que estás más cerca de la ventana me cuentas cómo bostezó la mañana?

Y Lucía, haciendo dos paréntesis con sus manos pequeñitas y corriendo la cortina, comprobó que… no se veía nada, que la ventana estaba tapiada por un gran muro de hormigón y acordándose de su amiga Ana, a la que tanto amó, a Clarita le relató:

— Veo un quiosquero vendiendo cuentos y un perro ladrando a una señora que está corriendo con una cinta en el pelo y una pareja que se toman de la cintura y se besan sin importarles nada ni nadie… Hace un día maravilloso y feliz para ser vivido allá en el parque.

ANNA I MARIA

(CONTE VERSIFICAT)

L'Anna i la Maria eren dues nenes que vivien en una petita habitació. Per a ser més exactes, en la cent dues de la planta deu d'Oncologia. Cantaven, somiaven i reien com qualsevol nena de la seva edat però quan el tedi els venia a escanyar, Maria li preguntava a l'Anna, que dormia més prop de la finestra, què és allò que veia a través del cristall. L'Anna feia dos parèntesis amb les seves mans petitones i tibant la cortina li relatava a La Maria:

— Veig un quiosquer venent contes i un gos bordant a una senyora que està corrent amb una cinta en el cabell i una parella que es prenen de la cintura i es besen sense importar-los res ni ningú... Fa un dia meravellós i feliç per a ser viscut allà al jardí.

Una nit que la Maria es va despertar va obrir els ulls i comprovà que faltaven les pintures, els deures i fins i tot el llit de l'Anna, però immediatament es va adormir un altre cop, i en obrir-los de nou va poder veure al doctor passant consulta i somrient alhora, al qual va preguntar:

— Doctor, ara que la meva amiga Anna no està, podria ocupar el seu lloc i dormir al costat de la finestra?
— Clar, amor meu. Saps que a tu no et puc negar res —li va dir sense dubtar ni un instant—, que ets la nena dels meus ulls i a més ordre he donat perquè immediatament vingui a ocupar aquesta habitació una altra nena de la teva edat i sé que us fareu molt bones amiguetes.

Tal dit tal fet, quan tots van desaparèixer va entrar el zelador tirant d'un llit amb una nena sense cabell i el rostre blanc com l'arròs i immediatament van entaular amistat i conversa.

— Com estàs? Jo soc la Maria.
— Encantada, em dic Clara i fa dies, setmanes i mesos que vaig de planta en planta i d'habitació en habitació sense saber com ha despertat el sol. Què et sembla si tu, que estàs més prop de la finestra m'expliques com va badallar avui el matí?

I la Maria, fent dos parèntesis amb les seves mans petitones i tibant la cortina, va comprovar que... no es veia res, que la finestra estava tapiada per un gran mur de ciment i, recordant-se de la seva amiga Anna, a la qual tant va s'estimava, a la Clarita li va relatar:

— Veig un quiosquer venent contes i un gos bordant a una senyora que està corrent amb una cinta en el pèl i una parella que es prenen de la cintura i es besen sense importar-los res ni ningú... Fa un dia meravellós i feliç per a ser viscut allà al jardí.

TENDIR PONTS. COMPLICITAT

Em vas fer una catifa de pedres al riu sobre les quals trepitjar sense mullar-me. Et vaig agrair l'esforç però el vaig creuar descalça i caminant , tot pujant-me la faldilla. Mai no et vaig demanar un pont per arribar a l'altra riba sense mullar-me si no que et mullessis amb mi, caminant de la mà.

EL LLEGAT DE ROBIN *HOOD

Cada nit Robin baixa del seu altar, es fa més home que pas mite, puja a l'escenari del pub SherwoodForest i comença a embogir a la seva fidel parròquia de riques i pudents benpensants mentre sostreu anells de les senyoretes besant-los les mans, insígnies i condecoracions d'incalculable valor que porten els incauts cavallers, tan sols sacsejant-los la pols de les seves casaques i fins a dentadures d'or de les ancianes l'he vist sostreure al mateix temps que es marcava amb elles un ancestre ball de la família del foxtrot. Hauria de retornar tot el sostret però fidel a la seva llegenda ell prefereix donar-li-ho immediatament a la pobra de la Mary Puente, les cames més estretes i agraïdes d'aquesta banda de la cristiandat... que és qui més ho necessita… i Robin, el pardal, el més necessitat dels petons d'aquesta heroïna, a l'alçada de Joana, la del arc..

REGAL D'ANIVERSARI A CONSTANTINOBLE
DIA SIS DEL TERCER MES DE 1453.
CONSTANTINOBLE.

Aquell matí va atracar al port la nau de l'Almirall en cap de les tropes gregues, el gloriós Amadeulus Novara, desprès d'una victoriosa incursió sobre les files turques. Al moll s'havien congregat gairebé tota la cristiandat, amb mocadors enlairats al cel i cants de joia. La seva presència significava una gran victòria però també mercaderia nova arribada dels quatre cantons del món musulmà i per la seva única filla, que avui feia dotze anys, esdevenia la millor oportunitat per triar el seu primer regal de dona.

Entre teles de l'Orient i perfums d'Egipte, o diamants de la Hispània citerior o... no sabia pas què emportar-se, fins que va veure a aquella bestiola, bruta, famèlica i d'ulls patidors... I tots dos es van reconèixer com l'un fet per l'altra, i van reprimir una abraçada d'amor com si s'haguessin trobat desprès de més de dotze calendes buscant-se...

—Ja tinc pensat el meu regal, pare. Allibera'l de les seves cadenes i treure-li de la gàbia que me l'emporto.

— No és digne de tu —li va respondre l'Almirall.

— És un regal de dona —va assegurar l'Anna Novaras—, desprès de passar per una bona rentada i d'espollar-ho, és clar.

— Ja tens quatre micos de Mons Calpe, un lloro de Creta, un gat persa i un brau de l'Augusta Emerita...

I desprès d'una llarga i esgotadora discussió per part del guerrer sobre la conveniència de tenir aquella mascota a casa, i probablement al llit en nits de fred intens... Després de tots els inútils arguments del soldat per persuadir la seva filla, la nena dels seus ulls... Desprès de no poder-la convèncer de la nul.la idoneïtat de la compra, el servidor de Constantí va marxar a mullar la seva derrota amb hidromel i vi tebi a la cantina del port, i la homenatjada va arrossegar el seu regal cap a casa tot dient-li que seria la mascota més estimada del domus (com si aquest tingués ànima per entendre'l, quina bestiesa!). Tanmateix, l'esclau turc forfollava a quatre grapes i en un perfecte llatí de Roma, o potser una parla de la franja, quelcom semblant a...: "sí ama, petita ama, el que vos digui, bona ama..."

Mesos desprès Constantinoble seria domini de les forces turques fins desaparèixer.

1575. ANY SANT

El papa Gregori XIII va tenir poca sort manegant el martell amb el que havia d'obrir la Porta SANTA. Poca sort i traça tirant a cap ni una ja que l'eina es va trencar ferint-li en turmell i peus i els sants maons que haurien de descobrir l'entrada Santa es van vèncer cap a dins causant tres morts, servents que per aplaudir hi eren a la foto i xafarders varis... La soferta claca papal, vaja! llogada per a l'ocasió com es contractava a les ploramiques encarregades de deixar anar el moc en actes luctuosos amb una professionalitat de segles, ves per on.

L'allau humana en direcció d'aquells Sants maons com a record del lloc i data, que segles més tard va tenir el seu paral·lelisme a l'enderrocament del mur de Berlín, comptabilitzaren fins a vuit morts més entre trepitjats i asfixiats, als quals calia sumar les baixes en les sacres inauguracions de les altres tres basíliques: la de la Sacra Croce, la de Sant Sebastià i la de Sant Llorenç Extramurs.

El comunicat de guerra va glossar disset morts i mig centenar de ferits, però sense altre particular va ser un èxit el jubileu; no va haver-hi cap dubte, albergant el petit hospital Felip Neri més de cent trenta-cinc mil pacients, entre pelegrins i indigents que per explicar-ho van viure fins a la fi dels seus dies, i Luter va viure tan mateix però per denunciar-los a tots per potiners i malandrins... Perquè el reformista comptava amb l'invent de l' impremta i els catòlics tan sols amb ensopegades i hòsties.

ELS DOS JOVES PERRUQUERS
(CONTE VERSIFICAT)

Hi havia una vegada dos joves perruquers sense conversa ni clients i esperant el primer per la porta entrà un indigent que, després de saludar, preguntà: M'afaitarien la barba, els bigotis i tallarien els cabells fins deixar-me'ls esclarissats a canvi de tots els meus diners?

— Quant en té, cavaller? —els joves van preguntar, doncs vint euros costava la comanda.

— Zero més zero igual a zero, va respondre el captaire, tot lo seriós que era aquest.

Els germans es van mirar i després de deixar de mirar-se, van riure i riure i riure de valent. I entenent el rodamon la negació com a pretext va agafar la porta i va tornar al carrer.

Al cap d'un temps, hi havia una vegada..., per segona vegada, aquests dos joves perruquers tediosos, sense conversa ni clients i esperant. Entrà el mateix indigent que, després de saludar, preguntà:

— M'afaitarien la barba, els bigotis i tallarien els cabells fins deixar-me'ls esclarissats a canvi de tots els meus diners?

— De quant disposa aquesta vegada, cavaller? — els joves van preguntar.

— De tot el meu capital: vint euros, ni un més ni un menys —va respondre el sense sostre tot ho seriós que era aquest.

Aquells germans es van mirar i després de deixar de mirar-se van riure i riure i riure de valent i respongueren:

— L 'ofici s'ha encarit com la vida i els aliments.

I entenent el pelleringa la negació en aquell pretext va agafar la porta i va tornar al carrer.

Al cap d'un temps, hi havia una vegada..., per tercera i última vegada, espero, aquests dos joves perruquers tristos, ociosos, sense conversa ni clients, pensant amb honestedat, la seriosa possibilitat de penjar un cartell a l'establiment que resés: *tancada perruqueria per... avorriment.* Fins que va entrar per la porta, qui, sinó ell, que els va preguntar:

— M'afaitarien la barba, els bigotis i tallarien els cabells, fins deixar-me'ls esclarissats, a canvi de tots els meus diners?

— Quants en té aquesta vegada, des de la primera n'hi havia una vegada, cavaller?

— Més de vint i més de trenta monedes, potser —va respondre el podent tot el seriós que era aquest. Els joves es van mirar i després de mirar-se, el van convidar a seure's, i després, li van rentar les rastes de quintars mètrics de pèl amb hectolitres d'aigua clara, li van aplicar sabó a cabassos, li van aclarir amb tot l'aigua que hi cau a cent cisternes de fuel, li van assecar amb llençols i mantes, li van pentinar amb rastells i li van afaitar amb aixades rovellades... I quan l'ancià va oferir un aspecte clar i net com el culet d'un nen, els dos germans perruquers es van adonar que aquell pesat es tractava de... del seu pare, vellet. Sí, aquell negre captaire que estava disposat a oferir tot el seu capital pel negoci dels seus fills... Ep! Els va mirar commogut, va pagar el seu deute i va marxar en silenci, d'esquitllentes, per on havia vingut, cap el seu carrer.

I diuen que van dir que van sentir dir que explicaren que aquells dos germans perruquers a la fi van penjar un gran cartell a la seva botiga on es podia llegir: *Tallem de franc les barbes i el pèl per a tots aquells que, per no tenir, no en tenen ni sostre sota el que dormir...*

I perdonin el desordre.

NU, TÍTOL PROVISIONAL. DESPULLAR-SE'N.
A SOLES TOT SOL...

Entra al camerino o el que li facilitin.

Entra un clown al lavabo-camerino. Estris de neteja com escombres, cubells i bosses de escombraria, paper higiènic, fregalls penjats de la paret... Seu sobre la tassa del wàter tancada i col·loca davant seu un marc sense vidre ni quadre, que el farà servir com a mirall. l'adorna amb llums intermitents al voltant, comprades a un basar xinés. Penja sota el marc buit una petita bossa amb pintures de la cara, cotons, pinta llavis... Es desmaquillarà amb paper higiènic que farà desaparèixer pel retret, per la qual cosa cada vegada que se'n desprengui haurà d'aixecar el cul i la tapa del wàter. Clava en qualsevol costat del marc alguna foto tipus religiós o icònic d'ídol, artista o figura d'animació o polític de torn. Pot manegar una ampolla d'aigua o una tassa de te o cafè. No estan marcats els canvis de registre, quan treballa la reflexió interior i quan visualitza que està actuant... Això es tasca en comunió amb la direcció.

Mentre executa aquests moviments de desmaquillar-se no cessa de sonar aplaudiments i bravos de fons. Pot reaccionar a aquest off, però sempre immaculadament mut, o romandre impassible.
Clown: Alexia, que cessin els aplaudiments.
Alexia: entès.

Silenci absolut. Respiració profunda.
Treure's el maquillatge per ser un mateix,
o gairebé.

Clown: *Actuar:* sentir-te actiu. Activar: fer que algun membre del teu cos es mogui. D'aquí vinc, d'actuar, d'executar accions com cantar, reviure, recitar, tocar el clàxon, plorar o fingir que ploro perquè els pallassos no plorem: fingim que plorem, ni sentim... Tot és fingit. No estimem: fingim que estimem per això som tan escandalosos al llit... Això ho saben els qui s'han endur a un pallasso al llit... que tampoc és de les aventures més difícils d'aconseguir, comparat amb arribar a final de mes, per exemple... No és cert: no sabem fingir si no hi ha un arc de llums sobre els nostres caps, una perxa de llums, una llum zenital encara que sigui, una llanterna, la llum d'un cel·lular de cap a baix. En la vida real a això se l'anomena mentir i els pallassos mentim molt malament en la vida real i pensem que com a persones som personatges gairebé sense importància... És fàcil d'entendre perquè no estem escrits per ningú.

També vinc de fer somiar allà afora. Somiar és una altra acció. Acció/reacció. Reacció rima amb porció.

Porció Pilats... És aquest el que es rentava les mans en una pila? Ah, no. Aquest era Herodes, el de la famosa frase... Alexia, saps quina és la frase que va immortalitzar Herodes?

Alexia: NPI.

Clown: cuida't amb el que dius que no t'han fet impertinent, Alexia.

Alexia: NPI es tradueix com: no... puc... imaginar-m'ho...

Clown: ok. doncs la frase és: te jodes com va dir Herodes...

Alexia: ets un malparlat.

Clown: no és cert. Soc un mal educat perquè jo parlo la llengua perfectament, així que... te jodes!!!

Silenci.

Clown: Alexia, activa riures.

Alexia: riures activats. Actiu floretes, nivell deu de grolleria? Com ara... què bo ets, fill de puta!

Clown: no, no... Fes desaparèixer rialles... Deixa'm en silenci.

Alèxia: silenci activat.

Clown: el teu silenci també activa'l.

Silenci.

Clown: Li ordenaria que desaparegués però és l'única persona que m'escolta i obeeix... Sense adulacions. Bé, ja sé perfectament que no és persona però... Ja m'entenc. Fuig d'aquest soroll, del soroll dels afalacs i comparacions desproporcionades amb altres actors... en les què acostumo a guanyar.

Visualitza que està en un altre espai i interpreta:

Óstia, paio! Ets millor que aquest actor dels acudits de polítics. Sí, sí. Ja et dic... Almenys a mi em fas riure més. I tens més enginy i sortides que aquella presentadora de televisió... I de les bones paraules i llepades d'aquells que es diuen companys també fuig. No els provoco pas, no els busco, no em fan content ni tan sols... Deia Facundo Cabral que quan s'acarona i es besa al cavall es procedeix a muntar-lo després. El que es deixa abraçar i adular s'està procurant amo i senyor. Afalacs i adulacions són bones per sotmetre a qualsevol que tingui necessitat de manilles. L'esclau és feliç. No ha de menester pensar per a menjar cada dia perquè ja li proporciona l'amo... A canvi d'algunes garrotades però... La vida lliure te més garrotades. I el públic pot ser un bon amo encara que mai fidel... El públic amb els seus afalagaments, aplaudiments i tota la resta... És l'únic element del teatre que funciona sense guió. Acostuma a riure's quan no està establert, quan no toca pas. Però a vegades tenen reaccions inversemblants també. Ben dirigits poden aplaudir sense haver-hi rebut res, ni un acudit ni una frase digna de ser lloada... Jo els demanaria un fort aplaudiment per això que estic dient, sí senyor... Més fort...

Silenci.

Veuen: em referia a això.

Aquesta nit deixaré que em doneu cova... Molt respectat, respectable i respectuós públic, i tots aquells que encara continuïn desperts... Els faig una crida: facin el favor d'embolicar els seus espontanis aplaudiments en paper tissú que me'ls portaré a la pensió i em serviran de sopar.

Vaig començar a sentir-me digne de ser anomenat pallasso quan no em vaig portar el públic a la pensió, i algunes nits he tingut únicament dues persones entre el públic... Com per no menjar-me el coco!

Dempeus. Sense maquillatge ni adorns a la cara ni enlloc.
Moment sincer mentre ens despullem.

Clown: I quan s'acaba el número i l'artista desapareix i s'apaguen els llums i el rumor en l'ambient es dissipa o trontolla, i algú escombra l'escena, si no som nosaltres, o carrega la nevera, o fuma un piti allunyat de la vista de l'amo o de qualsevol i xiula una tonada que va deixar escapar l'home que sense més es va pujar a la tarima; una tonada que s'enganxa amb saliva als teus llavis i que no recordes on diables l'hauràs trobat però és impossible desprendre's d'ella i t'acompanyarà fins a la reencarnació que està per venir... No ho saps però per tu, trist humà... Però per tu ha passat un pallasso.

I es tanca el susdit al seu camerino com si fos un bitxo a la seva gàbia de dos per quatre, tot esperant les visites, als tafaners i mentiders de mercadillo. A l'aguait de que propis i forans fotin puntades a la porta perquè frisen per fer-se la foto amb el paio que, no tan sols li ha dibuixat un somriure a la cara, sinó que ha gosat de fer-los feliç... amb la crisi que està caient... I el més desgraciat que ha trepitjat un escenari es deixa subornar per menys d'un pom de flors de cementiri, entrepans de segona mà i quasi sense mossegar, anells d'argent del que va cagar el Sargent... Vols casar-te amb mi? Però si tu has de ser una paia amb cinquanta anys en cada cama, com a poc... I aquella nit al susdit se li va oblidar dir als amics que per favor asseguessin a primera fila i riguessin fort, i honest... que per això estan els amics, óstia...

CANÇÓ CINC MINUTS

Cinc minuts abans
D'encetar això
Sento al públic dir:
Quina gran sessió.
Tothom és a dins
Escalfant motors.
Val la pena
Aquesta entrega
I un any sense
Dormir prou,
Tres minuts abans
De que es faci fosc
Puc sentir el zum-zum
I els batecs del cor,
Com puja la sang,
Com baixa la por.
Puja i baixa,
Puja i baixa…
No us aneu
Per favor….

Un minut abans
D'aixecar el teló
No sé pas que dir,
No trobo el guió.
Molt millor me'n vaig
I en altra ocasió
Us convido
I us recito
Si voleu
El Canigó.

Se suposa que ja està totalment desmaquillat.

Però tota la veritat és que surts del local tirant de la maleta amb rodes que porta roba, estris per vendre i part de la teva vida. Et deixes mullar per la pluja al cap perquè el fred et fa sentir viu. Aquesta nit has tingut sort, malparit, i no pas perquè el número ha funcionat, el públic ha rigut, avui has sopat i dormiràs calent... No, no... Avui ets la persona més feliç de tots els desgraciats perquè, entre el públic, has cregut escoltar una veu que t'ha resultat familiar i que reia amb més força que totes, la d'un nano, un innocent nano que no te perquè mentir... I podries jurar que era el riure del teu fill que no has vist des de fa més d'un any per no haver-li sabut protegir tirant de la maleta amb rodes i del seu bracet, de poble en poble i d'habitació en habitació, i això... I aquest riure, aquests aplaudiments, aquests bravos valen més que tots els estadis plens a vesar... Bona nit.

APÈNDIX

APPENDIX

IL·LUSTRACIÓ

La il·lustradora, Rosa Adriana Vargas Espinoza, es pronuncia amb s, professora d'educació bàsica a Xile amb canalla de pàrvuls i primària. A l'actualitat és docent d'educació superior en una Universitat on line, des de Barcelona cap a Xile. Ha publicat diversos articles d'investigació. Amb data d'avui viu a Barcelona, per ara, on participa activament en innumerables activitats artístiques i culturals. És membre de l'Acadèmia d'Art Tamarit, on desenvolupa diferents tècniques d'expressió en pintura i dibuix.

Diego Rivera Vargas, il·lustrador. Xilè, viu a Barcelona, i és activista de innumerables activitats artístiques i culturals a Centres Cívics ubicats al seu barri, Poble Sec. Dibuixant, actor... Membre de l'associació Susoespai. Entusiasta dels museus i del futbol.

IL·LUSTRACIONS

Montjuïc, segons l'autor Diego Rivera Vargas

Viure la vida sense xarxa, by RAV.

Autoretrat, by Diego Rivera Vargas.

Elements d'una presó, by RAV

*El Wela de Barcelona i algun gat o gos,
by Diego Rivera Vargas*

Camp de lavanda, by RAV

Flors del jardí, by RAV.

Vet aquí un drac, by RAV.

Llimones, by RAV

Altres llibres editats

Aquest llistat reuneix els llibres editats per Ediconex, segell editorial destinat als socis de Conex i per Pinsà Edicions, segell paral·lel obert a tothom.

Dins la meva Galaxia. Jaume Gala.
Eudal. L'avi que mai va ser pare. Joaquim Porcar Alarcón.
Forgotten. El niño robado de la Casa de la Encina. Josep Lluís Benet Vidal.
Poemari. Josep M. Margalef i Llop.
Margarita Maria, is here. Txaro Garcia.
Les meves memòries d'Àfrica. Marià Guim Niubó.
Poemes d'un bocí de vida. Joaquim Porcar Alarcón.
Quan de senyor en dèiem Milord. Josep Lluís Benet Vidal.
Tres amics i una història a cada port. Albert Perrín.
Assaig de la contemplació. Toni Mallea.
Llibre de desencants. Toni Mallea.
Les meves memòries de l'Índia. Marià Guim Niubó.
Dèries de lletraferit. Pere Suñé Ribera.

L'insòlit cas de Dmitri i Nicolette
Josep Lluís Benet Vidal.
Imatges del Txad (1970-1980). Ignasi Mª
Anzizu Furest i Marià Guim Niubó.
Robatori Mínimum. Neus Rubinat Tarragona.
Primaveres Incertes. Antoni Jacquemont
Ballarin.
Alondra. Toni Mallea.
Renéixer. Robert Orús Salvador.
Sabrina i el deu manaments. Elvira Arbós
Sabaté.
De ximpanzés a bonobos. Emili Giménez Coll.
La Rita i Menorca. Margarita Torrent Quetglas.
Els colors de la vida.
Goretti Sanchez Colomé Goretti
Sense forces per rendir-se. Silvia Cabistany.
Poemes de barraca. Joan Triay Vidal.
Amor entre guerres. Carme Requena Baldomà.
No em fallaràs. Gemma Cerezo Pumariega.
Història de l'art de planxar i els capricis de la moda. Adela Vives Belmonte.
La obsesión Bárcida y la coca de sofrit. Sergi Mor González.
Crònica de les festes de les fogueres de Sant Joan a l'ermita de la Cometa de Calp. Bernat Josep Banyuls i Sala.
Entre els llibres i la vida.
Carles Monfort del Àguila,
El darrer brot d'Alzina. Josep Lluís Benet Vidal.
Contes de vida. Elvira Arbós Sabaté.

El Rincón del Olvido.
Josep Manel Romeu Aguarod
En fi, és la guerra... Pere Pubill Linares.
Històries i aventures mai no contades d'un agent comercial de Barcelona.
Joan Vallverdú Simó.
Reflexos. Manuel Dolz Mestres i Andreu Clapés Flaquè.
L'amo Miquelot, de son Mica. Frederic Samuel Pérez Capó.
Ànima sentida. Robert Orús Salvador.
A trenc de l'alba. Helena. Fresquet i Martínex.
La tercera oportunitat d'en Sergi.
Joan Sánchez Vives.
L'efecte Casablanca. Caterina Cesari Antunez
Ni gossos ni gats ni contes contats.
Quin Valiente Gutièrrez.

Made in the USA
Coppell, TX
24 March 2024